GABE
En busca del placer

DAY LECLAIRE

HARLEQUIN™

Editado por Harlequin Ibérica.
Una división de HarperCollins Ibérica, S.A.
Núñez de Balboa, 56
28001 Madrid

© 2009 Day Totton Smith
© 2016 Harlequin Ibérica, una división de HarperCollins Ibérica, S.A.
En busca del placer, n.º 10 - 26.10.16
Título original: Mr. Strictly Business
Publicada originalmente por Silhouette® Books.
Este título fue publicado originalmente en español en 2009

I.S.B.N.: 978-84-687-8499-1
Depósito legal: M-23767-2016
Impresión en CPI (Barcelona)
Fecha impresion para Argentina: 24.4.17
Distribuidor exclusivo para España: LOGISTA
Distribuidores para México: CODIPLYRSA y Despacho Flores
Distribuidores para Argentina: Interior, DGP, S.A. Alvarado 2118.
Cap. Fed./Buenos Aires y Gran Buenos Aires, VACCARO HNOS.

Capítulo Uno

–Necesito tu ayuda.

Gabe Piretti trató de contener la inmensa satisfacción que le producían las palabras de la única mujer a la que había amado en su vida. Había pensado que después de veintitrés meses, sería capaz de ver a Catherine Haile sin que le afectara, pero se daba cuenta de que era ridículo pensar que algo así fuera posible. Después de todo, habían trabajado juntos. Habían vivido juntos. Y habían estado unidos de manera intensa.

La pasión que había surgido entre ellos había sido un infierno que no habían conseguido calmar ni siquiera después de estar dieciocho meses juntos. Si acaso, se convertía en algo más intenso a medida que pasaban los días.

Y entonces, ella se marchó. Y por primera vez en su vida, Gabe, el pirata Piretti, había sido incapaz de solucionar el problema. Desde que Catherine lo abandonó, él permanecía a la deriva.

Le había ofrecido el espacio que ella le había pedido desde que se habían separado, y la había estado observado desde la distancia mientras ella desarrollaba su vida profesional. Mantener la distancia había sido lo más duro que Gabe había hecho en su vida. Incluso más duro que cuando tuvo que quitarle el mando de Piretti's a su madre para evitar que el negocio cayera en bancarrota.

Pero Catherine había regresado, y él encontraría la manera de que ella se quedara a su lado. ¿Necesitaba su ayuda? Se la prestaría. Pero el precio sería elevado. La pregunta era, ¿lo pagaría? ¿O saldría huyendo una vez más?

Consciente de que ella seguía de pie, Gabe señaló hacia el saloncito que había en una esquina de su despacho. El sol entraba por la ventana y sus rayos iluminaban el cabello de Catherine, provocando que resaltaran sus mechones dorados ocultos entre el pelo castaño.

–¿Te apetece un café? –le ofreció él.

Catherine se sentó y dejó el maletín a sus pies. Después, negó con la cabeza.

–Estoy bien, gracias.

Él se sentó frente a ella y la miró. Llevaba un traje de seda de color chocolate que resaltaba su figura y mostraba que había perdido peso. La chaqueta era entallada y la falda dejaba sus piernas al descubierto. Las sandalias eran de tacón. Evidentemente, se había vestido para impresionarlo o distraerlo.

–Ha pasado mucho tiempo –comentó él–. Has cambiado.

–Ya basta.

Él arqueó una ceja y esbozó una sonrisa.

–¿Qué pasa?

–Me estás desnudando mentalmente.

Era cierto, pero no de la manera que ella imaginaba. Él no podía evitar preguntarse qué había sido lo que había provocado que perdiera peso, pero no quería mostrar su preocupación.

–Solo porque sé que te quejarías si te desnudara de otra manera.

Ella sonrió un instante.

–¿Qué ha pasado con tu lema de «solo temas de negocios»?

–Cuando se trata de trabajo, lo mantengo –dijo Gabe–. Pero tú no trabajas para mí, ¿no?

–Y no lo he hecho durante tres años y medio.

–¿Te arrepientes de las decisiones que tomaste, Catherine?

–De algunas. Pero no es eso lo que me estás preguntando, ¿verdad? Quieres saber si tomaría otra decisión en caso de que volviera a tener la oportunidad –se quedó pensativa un instante–. Lo dudo. Hay cosas que hay que experimentar para aprender a vivir la vida…

–¿Cosas o gente?

–Ambas, por supuesto. Pero no estoy aquí para hablar de nuestro pasado.

–Entonces, vayamos al grano –dijo él.

Ella lo miró. Él recordó lo desconcertante que le había parecido la mirada de sus ojos de color ámbar cuando se conocieron. Nada había cambiado. Seguía teniendo una mirada intensa.

–¿No prefieres hablar de negocios primero? –preguntó ella–. Recuerdo que esa era una regla fundamental en Piretti's. Cuando uno compra o vende empresas, nunca se trata de algo personal. Solo son negocios.

–Normalmente, eso sería cierto. Pero contigo… –se encogió de hombros–. Siempre fuiste una excepción.

–Es curioso. Yo habría dicho exactamente lo contrario.

Ella apretó los labios y él recordó cómo había disfrutado besándola.

–Lo siento –murmuró ella–. Eso es agua pasada.

–Un poco sí. Pero no hay tanta agua como para romper la presa. Veré lo que puedo hacer acerca de ello.

Ella lo miró confusa, pero Gabe continuó antes de que pudiera preguntarle a qué se refería. Con el tiempo, descubriría por qué ella se había marchado. Y conseguiría que su apariencia tranquila diera paso a la pasión y la furia. Insistiría hasta que descubriera la verdad.

–¿Cómo te ha ido? –preguntó él, confiando en que su pregunta la ayudara a relajarse.

–Ahora estoy un poco estresada –confesó ella–. Por eso estoy aquí.

–Cuéntame –dijo él.

Ella dudó un instante y empezó a hablar.

–Hace unos dieciocho meses, empecé mi propio negocio.

–Elegant Events.

–¿Cómo lo…? –hizo un gesto con la mano–. No importa. Seguro que seguiste mi pista después de que nos separáramos.

–Quieres decir después de que me dejaras.

Ella cerró los puños y apretó los labios.

–¿De veras quieres hablar de eso? –preguntó por fin, mirándolo fijamente–. ¿Tenemos que hablar del pasado ahora? ¿Únicamente así es como estarías dispuesto a ayudarme?

–No únicamente.

–Pero es como prefieres –no esperó a que contestara–. Estupendo. Te lo contaré de la manera más directa y clara que pueda. Tú, con tu necesidad de mantener separadas la vida laboral y la personal, me diste a elegir. Podía trabajar contigo o ser tu amada, pero no las dos cosas. Yo elegí ser tu amada. Y no me di cuenta de que tú ya estabas enamorado antes de conocerme. Y que siempre le das prioridad al amor.

–Eras la mujer de mi vida –dijo él.

Ella sonrió y él sintió que aquella sonrisa podía arrancarle el corazón del pecho.

–Quizá fuera la única mujer de tu vida, pero no la única cosa. Piretti's siempre fue tu primer amor. Y por eso, siempre le diste prioridad.

–¿Me dejaste porque en ocasiones trabajaba hasta tarde? –preguntó con incredulidad–. ¿Porque a veces me veía obligado a darle prioridad al trabajo, y no a ti o a nuestra vida social?

7

Ella no se molestó en discutir, aunque la rabia y la desilusión se percibían en su expresión.

–Sí –dijo ella–. Sí, te dejé por esos motivos.

–¿Y por muchos otros? –preguntó él.

–Y por muchos otros –contestó ella–. Por favor, Gabe. Han pasado casi dos años. No tiene sentido que hablemos de esto después de todo este tiempo. ¿Podemos continuar? ¿O estoy perdiendo el tiempo al haber venido aquí hoy?

–No estás perdiendo el tiempo. Si está en mi mano ayudarte, lo haré. ¿Por qué no empiezas por explicarme el problema?

Ella respiró hondo.

–Está bien, veamos si puedo contártelo de forma clara y concisa, como te gusta. Elegant Events es una empresa de organización de eventos dirigida a empresas de altas esferas y a clientela de elevado presupuesto.

–De esas hay muchas en la zona de Seattle.

Ella asintió.

–Exacto. Mi objetivo era, y es, ocuparme de todos los aspectos de los eventos para evitarles a los clientes cualquier preocupación. Ellos me dicen lo que quieren y yo se lo proporciono. Si están dispuestos a pagar por ello lo que pido, encontraré la manera de satisfacer sus deseos y superar sus expectativas.

–Y lo haces todo con elegancia y estilo.

Ella se sonrojó una pizca.

–Deberías escribir mis críticas. Ese es nuestro

objetivo. Luchamos por convertir cada evento en algo exclusivo, por crear el escenario perfecto, ya sea para realizar la presentación de un nuevo producto o para crear el recuerdo perfecto de una ocasión única.

—Como la fiesta de Marconi, esta noche.

Ella negó con la cabeza con incredulidad.

—¿Hay algo que no sepas? Sí, como la fiesta de Marconi. Solo se cumplen noventa años una vez en la vida, y Natalie se siente obligada a hacer que el cumpleaños de su suegro se convierta en un evento inolvidable.

Gabe no recordaba la última vez que había visto a Catherine tan contenta, y eso hacía que se sintiera arrepentido.

Ella había sufrido por su culpa. Él no lo había hecho a propósito, pero eso no cambiaba las cosas.

—Estoy seguro de que harás que la fiesta de esta noche sea un éxito —dijo con convicción.

—Durante el tiempo que pasé en Piretti's, así como durante el tiempo que pasamos juntos, aprendí muchas cosas acerca de lo que funciona y de lo que no funciona. Y aunque no esperaba que el negocio funcionara bien desde el principio, para mi sorpresa, así fue. Conseguimos muy buenos clientes y parecían contentos con el trabajo que hicimos para ellos. Al menos, eso creía yo —frunció el ceño.

—Es evidente que algo ha salido mal. ¿Qué ha pasado?

–Dos cosas. La primera, estamos perdiendo clientes. Hay contratos que yo pensaba que estaban asegurados y que de pronto se han cancelado sin un motivo aparente que lo justifique y sin explicación. Todo el mundo es correcto y parece que les gusta lo que ofrecemos, pero llegado el momento, eligen otra empresa.

–¿Y la segunda?

–Es la más importante –su mirada se llenó de preocupación–. Estamos al borde de la bancarrota, Gabe. Y no sé por qué. Creía que habíamos tenido cuidado con el margen de beneficios, pero quizá haya más gastos de lo que pensaba. No puedo controlarlo. No soy experta en ese campo.

Sé que algo va mal, pero no consigo averiguar qué. Espero que tú seas capaz de descubrirlo y que puedas sugerirme cambios para que solucionemos el problema antes de que nos hundamos.

–¿Hablas en plural?

–Estoy asociada con alguien, pero prefiere permanecer en el anonimato.

–¿Por qué?

Catherine se encogió de hombros.

–Porque sí. Puesto que la mitad del dinero lo puso ella, respeto su deseo.

«Ella», pensó Gabe, aliviado de saber que su socio era una mujer.

–Dependiendo de lo que encuentre, quizá haya que cambiar esa situación –le advirtió él–. Hay muchas posibilidades de que quiera conocerla.

–Ya lo he hablado con ella. Está de acuerdo si eso significa que podremos salvar el negocio.

–Buena decisión –dijo él.

–Estoy de acuerdo –sonrió–. Dime lo que necesitas para empezar –dijo ella.

–Todos los informes bancarios desde que empezasteis. Deudas, acreedores, el coste de los bienes que habéis comprado, cancelaciones de deudas. Los contratos pasados y presentes, la lista de servicios ofrecidos y lo que habéis cobrado por ellos.

–En otras palabras, quieres una copia de todo –abrió el maletín, sacó una carpeta y se la entregó–. Tengo casi toda esa información aquí.

Él asintió.

–Estupendo. Le echaré un vistazo a lo que has traído y le pediré a Roxanne que prepare una lista con todo lo demás que pueda necesitar.

–Confiaba en que mi problema permaneciera entre nosotros, en secreto. ¿Te importaría si dejáramos a tu secretaria al margen de todo esto? ¿Sería eso posible?

–Es posible, pero no probable. Roxanne está al tanto de casi todo lo que sucede aquí.

–Y estoy segura de que se encarga de enterarse de lo que no sabe –comentó Catherine–. ¿Si no, cómo puede darte todo lo que necesitas?

–Está bien, dejaré a Roxanne al margen.

–¿Y si te pregunta?

Él entornó los ojos.

–¿Estás cuestionando cómo llevo mi negocio? Teniendo en cuenta por qué estás aquí…

–No, yo…

–Eso me parecía –dijo él–. Pero para que te sientas mejor, en caso de que salga el tema en una conversación, le diré que tú y yo somos pareja otra vez.

–¿Perdona?

–Después de todo, no será una completa mentira –sonrió–. De hecho, no será una mentira en absoluto.

–¿A qué te refieres?

–No me has preguntado cuál es el precio que tendrás que pagar por mi ayuda.

Ella respiró hondo y alzó la barbilla.

–Qué idiota soy. Se me había olvidado lo pirata que eres, Gabe.

–Así soy yo –dijo él–. Un pirata en toda regla.

–¿Y cuál es el precio? ¿Qué quieres?

–A ti. Te quiero a ti, Catherine. Quiero que vuelvas a formar parte de mi vida. Que regreses a mi apartamento. A mi cama.

Ella se puso en pie.

–Te has vuelto loco. ¿No pensarás que voy a aceptar tal cosa?

Él la miró en silencio antes de contestar.

–Supongo que dependerá de lo mucho que desees salvar tu negocio.

–No tanto.

Gabe se puso en pie y se acercó a ella.

–Mentirosa.

–Lo que hubo entre nosotros, ha terminado, Gabe.

Ella era pequeña comparada con él, sin embargo, mostraba un poderío que Gabe encontraba irresistible. Era una de las cualidades que siempre había admirado de Catherine. Mientras que otras mujeres hacían lo posible para que él las encontrara atractivas, Catherine nunca había jugado a esa clase de juegos. Él siempre había sabido dónde se encontraba con respecto a ella. Podía fulminarlo con la mirada o hacer que se derritiera de pasión. Y en esos momentos, ella lo estaba despedazando vivo.

–Sé que te gustaría pensar que lo que compartimos terminó hace tiempo –dijo él–. Pero te has olvidado de un pequeño detalle.

–¿De cuál?

–De este…

La rodeó con el brazo y la atrajo hacia sí. Recordaba cómo sus cuerpos se acoplaban a la perfección. Y cómo su figura lo excitaba. Incapaz de resistirse, le sujetó el rostro y la besó. Ella no se resistió, pero tampoco le correspondió. Eso llevaría tiempo.

Él sabía muy bien cómo le gustaba que la besaran, que la acariciaran, que la poseyeran. Echaba de menos su sabor, su tacto, su aroma.

También los momentos de tranquilidad durante los que se sentaban en la terraza para tomar una

13

copa de vino al atardecer, mientras Puget Sound cobraba vida con las luces de los barcos. Cómo pasaban de estar conversando a fundirse en un abrazo. Cómo dejaban un reguero de ropa desde la terraza hasta la habitación, para satisfacer la ferocidad de una noche apasionada.

No podía vivir sin ella. Y no lo haría. Había pasado mucho tiempo como un muerto viviente. Y se negaba a pasar un minuto más sin que Catherine formara parte de su vida. Y si para conseguirlo tenía que chantajearla, lo haría. Porque una vez que la recuperara, haría lo necesario para mantenerla a su lado.

Con un suave gemido, ella separó los labios y él introdujo la lengua. Durante un segundo, ella se rindió ante él, aceptando todo lo que le ofrecía. Le acarició el cabello y le rodeó la pierna con la suya, como para atraparlo. Él reconoció la señal y respondió sin pensar. Sujetándola por el trasero, la levantó para que pudiera entrelazar las piernas alrededor de su cintura. Entonces, ella forcejeó para liberarse.

–No –se soltó y dio varios pasos hacia atrás–. Esto no está ocurriendo.

–Es demasiado tarde, Catherine. Ya ha ocurrido.

–Maldita sea –dijo ella, cerrando los ojos.

–¿Mi beso te ha servido de demostración o necesitas algo más?

Catherine se estiró la chaqueta, se alisó la falda y se atusó el cabello. Después lo miró furiosa.

–Me lo has dejado claro –le dijo–. Sabes que yo creía que todo había terminado entre nosotros, o que si no nunca habría venido.

–Es un poco ingenuo por tu parte, cariño, porque sabes que lo nuestro nunca terminará.

Ella alzó la barbilla con desafío.

–No debería quedar nada entre nosotros. Suponía que quizá tuviéramos que sacudir las cenizas para saciar nuestra curiosidad. No esperaba que todavía quedaran brasas.

–Yo no lo he dudado ni un momento.

–Esto… –gesticuló como para referirse a lo que había pasado–. Nada de esto cambia mi idea sobre nuestra relación. No voy a regresar a casa.

«A casa». Él no contestó y sonrió sin más.

Maldiciendo en voz baja, ella se acercó al sofá. Recogió la carpeta que le había dado y la guardó de nuevo en el maletín. Se colgó el bolso en el hombro y se volvió para mirarlo. Gabe se interpuso entre la puerta y ella.

–Me marcho –dijo Catherine–. Y saldré, si es necesario, rodeándote o por encima de tu cadáver. Pero me marcho.

–Y yo me aseguraré de que eso no suceda. Oh, hoy no. Pero pronto, estaré a tu lado, contigo, y créeme, no estaré muerto cuando esté sobre tu cuerpo –se apartó–. Cuando cambies de opinión y decidas que necesitas ayuda con Elegant Events, ya sabes dónde encontrarme.

Catherine se acercó a la puerta y le preguntó:

–¿Por qué, Gabe? ¿Por qué me pones esa condición?

–¿Quieres saber la verdad?

–Si no te importa.

–No hay noche que no te eche de menos, Cate. Todas las mañanas te busco a mi lado. Quiero dejar de sufrir. La próxima vez que te busque, quiero encontrarte.

Capítulo Dos

Catherine tuvo que mantener el autocontrol para salir del despacho de Gabe sin que pareciera que estaba saliendo del infierno. Lo peor fue que se había olvidado de Roxanne Bodine, y ella la estaba mirando fijamente y con una sonrisa.

–¿No ha sido la reunión que esperaba? –preguntó Roxanne–. Si me hubiera preguntado, le habría advertido que estaba perdiendo el tiempo. Dejó que el pez se escapara del anzuelo hace casi dos años, y él no está dispuesto a morderlo otra vez.

–A lo mejor debería decírselo a él –contestó Catherine.

–Hay mujeres que no comprenden el concepto de marcharse con dignidad –Roxanne se puso en pie y se apoyó en una esquina del escritorio–. Creía que tendría demasiado orgullo como para venir arrastrándose otra vez. Está pidiendo que la manden a paseo una vez más.

Catherine siempre había sido una chica buena. Tranquila. Educada. De las que ponía la otra mejilla cuando era necesario. Pero ya era suficiente. No tenía nada que perder.

–No sé cómo sobreviviría sin que cuidara de mí,

Roxanne –dijo Catherine con una sonrisa–. Quizá ese sea su problema. Quizá, en lugar de cuidar de mí, debería cuidar de sí misma.

–Oh, no se preocupe por mí. Yo soy como los gatos. Tengo siete vidas y la capacidad de caer de pie.

Catherine se puso la mano en la cadera.

–Y sin embargo, sigue sentada detrás de un escritorio, como un gato callejero maullando para que lo dejen entrar. Suponía que conmigo fuera del camino, habría encontrado la manera de entrar. Me imagino que es una puerta que no puede atravesar.

Roxanne palideció y contestó furiosa.

–¿Cree que antes arruiné su vida? Póngame a prueba ahora. Este es mi territorio, y haré todo lo necesario para defenderlo.

–Adelante –dijo Catherine–, pero mientras trata de defender su territorio, quizá debería tener en cuenta un pequeño detalle que ha pasado por alto.

–No he pasado nada por alto.

–¿No? Conoce a su jefe. Cuando él quiere algo, no permite que nada se interponga en su camino. Consigue lo que quiere –Catherine hizo una pausa–. ¿Cuánto tiempo hace que trabaja para él? ¿Dos años y medio? ¿Tres? Y nunca se ha acostado con él. Estoy dispuesta a apostarme que ni siquiera se ha sentido tentado a seducirla. Si no lo ha hecho hasta ahora, ¿qué le hace pensar que lo hará en el futuro?

No esperó una respuesta. Si había aprendido algo desde que abrió Elegant Events, era a marcharse en el momento adecuado. Sin decir nada más, se volvió y se dirigió a los ascensores.

–Bueno, cuéntame todos los detalles. ¿Cómo te ha ido? –preguntó Dina Piretti con interés–. No has tenido que hablarle de mí, ¿verdad?

Catherine dejó el maletín junto a la puerta y miró a la madre de Gabe.

–No, todavía no ha descubierto que eres mi socia –le aseguró.

Dina suspiró.

–Tengo la sensación de que hay algún «pero».

–No ha ido bien –confesó Catherine–. Me temo que estamos solas. O descubrimos cuál es el problema nosotras mismas, o tendremos que contratar a un consultor para que nos aconseje. Un consultor que no sea tu hijo.

Dina la miró con incredulidad.

–No –comentó–. Debes de haberle entendido mal. No puedo creer que Gabriel se haya negado a ayudarte. A ti no.

Catherine dudó un instante. Tenía dos opciones. Podía mentir, o podía contarle a la madre de Gabe lo que su querido hijo le había pedido a cambio de ofrecerle ayuda. Ninguna de las dos opciones le parecía atractiva.

–Necesito beber algo –le dijo. Quizá, mientras

preparaba una cafetera se le ocurría una tercera opción–. Y después, será mejor que nos pongamos a trabajar. La fiesta de cumpleaños de Marconi es esta misma noche y necesito que hagas varias llamadas mientras yo estoy allí supervisando el evento para que nada falle.

Dina la guio hasta la cocina, a pesar de que ambas mujeres pasaban parte del día trabajando en aquella casa. La oficina de Elegant Events estaba allí, en una de las habitaciones, y Gabe no se había dado cuenta hasta el momento.

–Te comportas de forma evasiva, Catherine. No es tu estilo. Dime qué es lo que fue mal. Espera. Creo que puedo adivinarlo –puso una amplia sonrisa, idéntica a la de Gabe–. Gabriel te ha hecho alguna de sus jugadas, ¿verdad?

Catherine le dio la espalda.

–Un par de ellas –admitió. Echó el café en el molinillo y lo encendió, sintiéndose aliviada al ver que el ruido impedía la conversación.

En cuanto terminó, Dina comentó:

–Pasaba lo mismo con su padre. Nunca conseguía resistirme –la tristeza se apoderó de su mirada–. Es curioso cómo sigo echándolo de menos después de todo este tiempo.

Catherine se acercó y abrazó a Dina.

–Por todo lo que Gabe y tú me habéis contado, era un hombre increíble. Ojalá lo hubiera conocido.

–Te habría adorado –Dina se retiró y forzó una sonrisa–. Ya llevas mucho tiempo evitando contestarme. ¿Qué ha ocurrido? ¿Por qué se ha negado a ayudarte Gabriel?

–No se ha negado –dijo Catherine–. Solo ha puesto un precio que no estoy dispuesta a pagar.

–Ah –dijo ella–. Quiere volver contigo, ¿no es así?

–¿Cómo lo…? –Catherine entornó los ojos–. ¿Hablaste con él antes de que yo fuera allí?

–Hace meses que no hablo con Gabriel sobre ti. Llevo tres días sin hablar con él –insistió Dina. Se acercó a la cafetera y la puso en marcha–. Sin embargo, soy una mujer y conozco a mi hijo. Sigue enamorado de ti.

«No, no es amor lo que siente», estuvo a punto de decir Catherine. «Deseo, quizá».

–Dijo que solo me ayudaría si volvía a vivir con él.

–Y naturalmente, te has negado.

–Naturalmente.

–Porque ya no sientes nada por él.

Catherine miró a Dina y dijo:

–Sé que siempre has deseado que solucionáramos nuestras diferencias, pero eso no va a suceder. Lo comprendes, ¿verdad?

–Nunca os he presionado para que me dierais respuestas que no podíais dar. Deduzco que algo fue mal entre vosotros. Estuviste tan destrozada durante las primeras semanas después de la ruptura que no me atreví a preguntarte. Pero siempre pensé que Gabriel y tú lo solucionaríais. Estabais muy bien juntos. Y tan enamorados –gesticuló con la mano como para restarle importancia–. No importa. Has hecho bien en rechazarlo. Gabriel no debería haberte puesto condiciones para ayudarte.

Catherine sonrió aliviada.

–¿No estás disgustada?

–Estoy decepcionada –sirvió dos tazas de café para zanjar el tema–. ¿Por qué no nos olvidamos de todo esto por el momento y nos ponemos a trabajar? Sugiero que revisemos que todo esté en orden para esta noche. No podemos permitirnos ni un error.

No había duda sobre aquello. Entre su situación económica y los contratos que habían perdido, era importante que cada evento saliera perfecto. Las horas siguientes pasaron volando y Catherine no tuvo tiempo de pensar en Gabe. Más que nunca, necesitaba que la fiesta de aquella noche fuera un éxito, para que Natalie Marconi recomendara Elegant Events a todas sus amigas, y sobre todo, a los contactos que tenía su marido.

A las nueve de la noche la fiesta estaba en pleno apogeo y Catherine se ocupaba de que todo estuviera organizado sin entrometerse demasiado. Todo el equipo se comunicaba a través de *walkie-talkies* y eso facilitaba las cosas. Pero siempre surgían problemas de última hora. La banda de música llegó tarde y el servicio de catering calculó mal la cantidad de champán que se necesitaba para que brindaran todos los invitados. Ambos problemas se solucionaron antes de que nadie se percatara, pero para ello tuvieron que hacer varias llamadas de teléfono y una rápida actuación.

Catherine se detuvo junto a la puerta que daba a la sala donde se celebraba la fiesta y repasó una vez más la lista que había colgado allí. En la lista figuraban todos los aspectos de la velada y el nombre del responsable que lo había llevado a cabo. Solo quedaban en blanco algunas casillas. La de la tarta de cumpleaños. Un par de tareas del servicio de catering. Y, por supuesto, la limpieza final.

Satisfecha, se disponía a dirigirse a la cocina para hablar sobre la tarta de cumpleaños cuando sintió un escalofrío revelador. Se volvió y no se sorprendió al ver a Gabe apoyado contra el marco de la puerta.

Durante un segundo, se quedó mirándolo en silencio. Una sola mirada bastaba para robarle el sentido a cualquiera. Era un hombre alto y de anchas espaldas. Tenía rasgos de ángel, pero sus ojos de color azul cobalto eran como los de un diablo. Y en esos momentos, su mirada de depredador estaba posada en ella.

Catherine tenía que admitir que no solo era la parte física lo que le impactaba de aquel hombre. Quizá, para algunas mujeres aquello era suficiente. Quizá, se conformaban con su aspecto y con la cantidad de dinero que tenía. Pero ella siempre necesitaba algo más para enamorarse de un hombre. Necesitaba que tuviera corazón y una mente que funcionara en sincronía con la suya. Durante un tiempo, eso lo encontró con Gabe. Al menos, hasta que él dejó claro que el dinero era como un dios y que lo que ella le ofrecía solo le bastaba para rellenar los huecos de su vida.

–¿Puedo preguntarte qué haces aquí? –le preguntó ella.

Gabe esbozó una sonrisa.

–Me han invitado.

–Por supuesto –no lo dudó ni un instante–. Y se te olvidó comentármelo cuando te vi esta mañana.

Él se encogió de hombros.

–Se me pasó –posó la mirada sobre los labios de Catherine–. Debía de estar preocupado por algún asunto más importante.

–Hablando de cosas importantes, tengo que trabajar. Así que, si me disculpas… –trató de pasar a su lado, pero él se movió para impedírselo–. Gabe, por favor –susurró–. Esto no es buena idea.

–Me temo que estoy en desacuerdo contigo –cuando ella trató de pasar de nuevo, él la acorraló contra la pared. Le colocó un mechón de pelo detrás de la oreja y le acarició la mejilla hasta llegar a sus labios–. Solo dame un minuto.

–Olvídalo, Gabe. No pueden verme besuqueándome con los invitados.

–Solo quiero hablar contigo. Puedes dedicarme un minuto para hablar, ¿no?

Un minuto. Sesenta segundos de placer. No podía resistirse a la tentación.

–Te doy treinta segundos. Pero nada de besos –advirtió ella.

Él le dedicó una sonrisa poderosa.

–Estás guapísima esta noche. La sombra de color bronce hace que tus ojos parezcan de oro.

–Voy elegante –le corrigió ella–. Me esfuerzo en parecer elegante para encajar en el ambiente sin destacar.

–Entiendo que destacar sería inapropiado.

–Lo sería –le aseguró ella.

Unos segundos más y conseguiría librarse de él. Se marcharía y volvería a centrarse en el negocio. Un instante para sentir la poderosa presión de su cuerpo e inhalar su aroma. Para bajar la guardia una vez más y rendirse ante los recuerdos de lo que fue, y de lo que podía haber sido si…

Respiró hondo y dijo:

–No quiero ponerme algo demasiado llamativo, igual que no quiero ponerme algo demasiado casual para la ocasión. Quiero que sea el evento lo que llame la atención, y no yo.

–Comprendo tu dilema –dijo él, sin retirarse de su lado–. Solo hay un pequeño problema.

–¿Cuál es?

–Podrías ponerte un saco de arpillera y seguirías eclipsando a todas las mujeres que hay ahí fuera.

Catherine no debía permitir que sus halagos la afectaran. Y quizá no lo habría hecho si no hubiera percibido pasión en su mirada y sinceridad en su voz. Por un momento, bajó la guardia, sintiendo que se le ablandaba el corazón y cediendo ante él.

Era la invitación que Gabe necesitaba. Se apoyó contra ella y la presionó contra la pared. Y entonces, la besó. Sabía cómo acariciarla para conseguir que perdiera el control. Catherine gimió y supo que llevaba mucho tiempo echando aquello de menos. Él era su aire. El latido de su corazón. Su sustento y su razón para existir. ¿Cómo había sobrevivido todo ese tiempo sin él?

Incapaz de evitarlo, lo abrazó y se entregó a él. No tenía ni idea de cuánto tiempo pasaron allí, jadeando y acariciándose con los cuerpos tan unidos que casi estaban pegados.

Quizá nunca se hubiera separado de él si no se hubiera percatado de que los estaban observando. Lo sujetó por los hombros y trató de apartarlo, pero Gabe era tan alto que permaneció en el sitio, bloqueándole la vista. Catherine solo pudo ver algo de color rojo, y de manera fugaz.

–Se acabó el juego –dijo ella.

Gabe la soltó y ella tardó un momento en recuperar el equilibrio. Sentía que le temblaban las piernas.

–Tengo que trabajar, Gabe –le dijo al ver que la seguía por el pasillo.

–No me entrometeré en tu trabajo. Tengo motivos para seguirte.

–¿Por qué?

–Tengo que ver cómo llevas el negocio. Por si acaso.

–Por si acaso ¿qué? –preguntó ella.

–Por si cambias de opinión y me pides ayuda.

Ella se detuvo de golpe y lo miró.

–Eso no va a suceder. No puedo pagar lo que pides –negó con la cabeza–. Perdón. No quiero pagar lo que pides.

Él arqueó una ceja, recordándole lo que acababa de suceder.

–El tiempo lo dirá –añadió.

Ella se despidió de él con la mano y miró a su alrededor, sin saber dónde estaba o cómo había llegado hasta allí. ¿Qué estaba haciendo cuando él la interrumpió? No tenía ni idea. Suspiró y volvió por el mismo camino. Tras mirar la lista otra vez, recordó que debía ocuparse de que sirvieran la tarta de cumpleaños.

Miró a Gabe de reojo y cruzó el césped hacia Lake Washington, deteniéndose justo al borde de la arena. Miró hacia el agua un instante y escuchó:

–Has hecho un trabajo increíble, Catherine –dijo Gabe–. Las góndolas dan un toque muy especial. Seguro que a Alessandro le recuerda a su casa de Italia.

Catherine sonrió al ver a los gondoleros remando, vestidos con camisetas de rayas y sombreros de paja. Algunos cantaban a la vez que acompañaban a los invitados en su paseo por el lago.

–Fue algo que dijo Natalie lo que me hizo pensar en ello –explicó Catherine–. Me preocupaba el tráfico del lago, pero conseguimos permiso para utilizar esta zona durante unas horas. Incluso he puesto personal de seguridad para evitar que los barcos se acerquen a la zona.

–Inteligente, aunque se supone que hay una zona delimitada, ¿no es así?

–Se supone –se encogió de hombros–, pero ya sabes cómo va eso.

Satisfecha de ver que los invitados disfrutaban de la pequeña Venecia que había creado, se dirigió hacia la zona del bufé. Habían instalado unas carpas que servían para proteger la comida y evitar que se enfriara con el viento y varias mesas decoradas de manera exquisita.

Tras comprobar que todo marchaba correctamente, Catherine decidió regresar a la cocina. Justo entonces, vio a Roxanne. La mujer estaba hablando con Natalie, mientras recorría el lugar con la mirada, buscando a alguien.

–No sabía que habías traído a tu secretaria –le dijo Catherine a Gabe.

Él miró hacia donde miraba ella y se encogió de hombros.

–No la he traído yo. Creo que es amiga de la hija de Natalie.

En ese momento, Roxanne vio a Catherine y a Gabe y sonrió. Se despidió de la anfitriona con un beso y se acercó a ellos.

Catherine se fijó en su vestido de color rojo y

admitió que le sentaba estupendamente. Ella miró a Catherine de forma retadora y se agarró a Gabe.

–Puesto que no estamos trabajando… –se humedeció los labios antes de besarlo en la boca. Después se separó de él y se rio–. ¿Ves lo que te has perdido? Te lo dije.

Él miró a su secretaria sorprendido.

–Es una lástima que mi norma sea no mezclar el trabajo con el placer –contestó él–. De otro modo, tendrías un gran problema.

–Algunas normas se hacen para quebrantarlas. Y por si no te has dado cuenta, se me dan bien los problemas. ¿No crees?

–¿Que se te dan bien los problemas? –Gabe inclinó la cabeza–. Por supuesto. Por desgracia, mis normas están escritas en cemento. Nunca las quebranto, por muy tentadora que sea la oferta.

Si hubiera estado a solas con él, Roxanne se habría tomado bastante mejor el comentario de Gabe. Por desgracia, la presencia de Catherine hizo que se sintiera humillada además de avergonzada.

–Si me disculpáis –dijo Catherine con una sonrisa de lo más profesional–, dejaré que disfrutéis de la fiesta mientras yo continúo trabajando. Si hay algo que pueda hacer para conseguir que vuestra tarde sea más placentera, no dudéis en decírmelo –se encaminó hacia la cocina.

Sabía que a Roxanne no le había gustado que ella hubiera presenciado la escena que había mantenido con Gabe, y esperaba que marchándose pudiera eludir cualquier reacción en contra. No podía permitir que aquella noche algo saliera mal. Si la secretaria de Gabe decidía ponerse a la altura de los acontecimientos, podría causar graves problemas a Elegant Events. Catherine había avanzado varios pasos cuando sintió que alguien la agarraba del brazo.

–No irás a marcharte ahora –le dijo Roxanne–. La fiesta está a punto de ponerse interesante.

Catherine la miró con los ojos entornados.

–¿De qué estás hablando? –le preguntó.

Roxanne sonrió.

–Espera a verlo… Ah, justo a tiempo.

El ruido de varios motores reverberaba en el agua del lago y un par de veloces motoras aparecieron en la zona reservada para las góndolas.

Capítulo Tres

Catherine se quedó horrorizada.

Oh, no. No, no, no.

—Huy, no tiene buen aspecto —comentó Roxanne con una sonrisa—. Quizá esa parte del lago no era el mejor sitio para poner tus barquitas.

En el último momento, las motoras apagaron el motor, creando un fuerte oleaje entre las góndolas. Tres de ellas volcaron y el resto se llenó de agua. Los invitados cayeron al agua con sus vestidos de fiesta y los gritos de pánico invadieron el ambiente.

Mientras Roxanne regresaba hacia la casa, Catherine agarró el *walkie-talkie* que llevaba y, tras apretar el botón para hablar, ordenó:

—Quiero que todo el mundo venga al lago. Ahora —corrió hacia la orilla y vio que Gabe y otros hombres se acercaban también—. Ha habido un accidente con las góndolas. Hay invitados en el agua. Dejad lo que estéis haciendo y venid a ayudar. Davis, llama a la patrulla y pídeles que traigan los vehículos de emergencia inmediatamente.

En pocos minutos, invitados y empleados comenzaron a sacar a gente del agua.

–Quiero que los gondoleros localicen a los invitados que llevaban en el barco –dijo Catherine, para asegurarse de que todo el mundo estaba a salvo–. Notificádmelo en cuanto hayáis hecho el recuento.

Natalie apareció a su lado. Una mezcla de lágrimas y furia invadía su mirada.

–¿Cómo has podido permitir que sucediera esto? –preguntó–. Mi suegro está allí. Mis nietos están allí.

–Tranquila, Natalie. En unos minutos habremos hecho el recuento –le dijo Catherine.

–¡No me digas que esté tranquila! –se acercó al agua buscando a sus familiares entre la multitud–. Si les sucediera algo a mis familiares o amigos, te denunciaré.

–Lo siento, Natalie. De veras que lo siento. Hemos llamado a la patrulla de Marina. Están de camino. El área está señalizada. Y pusimos barcos en las boyas para evitar que el tráfico del lago se acercara a la zona delimitada, pero ellos han entrado directamente –señaló a las motoras–. Si la patrulla detiene a los chicos antes de que desaparezcan, tomarán medidas. Entretanto, toda mi gente está ayudando a los invitados. Necesitaremos toallas, si tienes.

–Por supuesto que tengo toallas –soltó ella–. Pero eso no cambia lo que ha pasado. Esto es un desastre. Me advirtieron que no te contratara, Catherine. Pero me caíste bien. Me dijiste que podrías hacer el trabajo perfectamente. Sabías lo importante que era esto para mí…

Catherine no pudo escuchar el resto del comentario de Natalie, quizá porque terminó dando un chillido cuando el agua empezó a caer a su alrededor. Los aspersores del césped habían entrado en funcionamiento y estaban mojándolo todo, invitados, mesas y comida. En unos segundos, todo el mundo estaba empapado.

La gente corría en todas las direcciones. La hija de Natalie tropezó con uno de los vientos que sujetaban las carpas, provocando que se cayera una de las cocinas de gas. La llama alcanzó la tela, quemándola rápidamente. De no haber sido por los aspersores, toda la zona se habría convertido en el infierno.

Catherine corrió a la carpa y la tiró al suelo para tratar de apagar las llamas que quedaban en la zona donde no llegaba el agua. Sintió un calor abrasador en las manos, justo cuando alguien la rodeó por la cintura y la apartó de allí. Al momento, estaba tumbada en el suelo rodando sobre la hierba. Trató de resistirse a su atacante y le golpeó con el puño en la mandíbula, pero terminó aprisionada contra el suelo, y con el rostro de Gabe demasiado cerca.

–¿Qué diablos estás haciendo? –preguntó ella–. ¿Por qué me has agarrado? Intentaba apagar las llamas.

–Y yo también. Estabas ardiendo, Catherine –le

agarró la manga y le mostró la parte chamuscada. Después le arrancó la tela y comprobó que no tuviera quemaduras en la piel–. Parece que te pillé a tiempo. Un minuto más y estarías de camino al hospital.

–Pensé que me estaban atacando.

–Ya me he dado cuenta –dijo Gabe, moviendo la mandíbula de un lado a otro–. Das buenos puñetazos, por cierto.

Ella ocultó el rostro contra su hombro y trató de mantener el control. Todo había sucedido tan deprisa que no conseguía comprenderlo.

–No entiendo nada, Gabe. El fuego... Santo cielo, la carpa se quemó tan deprisa... Si hubiera habido alguien cerca...

Él la abrazó con fuerza.

–Tranquila, cariño. Todo el mundo está bien. Y todos han salido del agua sanos y salvos. Lo mejor de todo es que la patrulla de la Marina ha acorralado a los de las motoras.

–¿Y quiénes son? –trató de ponerse de rodillas para liberarse de Gabe–. ¿Y cómo se activaron los aspersores? Yo misma los comprobé. Estaban programados para que funcionaran por la mañana.

–No lo sé –dijo él, tranquilizándola con una caricia–. Vayamos paso por paso, cariño. Sé que no tiene buena pinta, pero ya descubriremos qué ha pasado y por qué.

Ella miró a su alrededor. Estaba empapada y

temblando. Las mesas estaban volcadas, y había cristales por todos lados. La hierba estaba llena de comida y la gente se agolpaba en los lindes de la finca, con cara de estupefacción.

«Santo cielo», pensó ella.

–Supongo que ya no necesito que salves mi negocio, teniendo en cuenta que mi carrera profesional ha llegado a su fin.

–No necesariamente –dijo él–. He sacado adelante empresas en peores condiciones.

Durante un instante, ella sintió un destello de esperanza. Levantó el rostro y lo miró.

–¿De veras crees que Elegant Events puede recuperarse de esto?

–No lo sabremos hasta que no lo intentemos.

Catherine respiró hondo.

–En ese caso... ¿Lo que me has ofrecido esta mañana sigue en pie?

Gabe contestó sin una pizca de triunfo en la voz.

–No he retirado la oferta.

El sol de la mañana iluminaba la cocina de Dina y hacía que las puertas de cristal de los armarios parecieran espejos.

–No hace falta que lo hagas, Catherine –protestó Dina–. No tienes que aceptar las condiciones que Gabriel te impusiera durante un momento crítico. Teniendo en cuenta las circunstancias...

–Teniendo en cuenta las circunstancias, sí, voy

a hacerlo –insistió Catherine–. Siempre he sido una mujer de palabra, y eso no va a cambiar porque anoche estuviera bajo presión. Si alguien puede salvar algo después del desastre, es Gabe. Confía en mí, necesitamos a alguien de su calibre si queremos que Elegant Events salga a flote.

Catherine se apoyó contra la encimera e intentó no pensar en la noche anterior. Había llegado el momento de buscar soluciones para el futuro y no de recrearse en lo sucedido. Pero no podía evitarlo. Durante la mañana había llegado a varias conclusiones. Aunque se negaba a sentirse culpable por lo de las motoras, algo que achacaba a Roxanne, los otros incidentes eran los que más le preocupaban.

Ella misma había comprobado el riego automático, e incluso lo había mirado por segunda vez justo antes de que empezara la fiesta. Tamborileó con los dedos sobre la encimera. Quizá había cometido un error. Quizá había pulsado p.m. en lugar de a.m., aunque estaba segura de que se había fijado para evitar el error.

Y después estaba lo de la carpa. No podía echarle la culpa de eso a Roxanne. Ella había visto cómo la hija de Natalie tropezaba con el viento. Quizá, la tierra húmeda había facilitado que se soltara. Pero era su responsabilidad asegurarse de que no sucedieran ese tipo de incidentes. Esa era la premisa fundamental que yacía tras su negocio.

–Sé lo que estás haciendo, y tienes que parar, Catherine –Dina se acercó a ella y la abrazó–. Vas a volverte loca por algo que no ha sido culpa tuya, y eso no te va a ayudar. Vayamos cosa por cosa –se separó de ella–. ¿Qué es, exactamente, lo que le has prometido a Gabriel? Si no te importa que te lo pregunte.

–Que me iría a vivir con él –solo las palabras ya le resultaban lo bastante duras–. Le prometí que me quedaría con él hasta que encontrara la manera de sacar adelante a Elegant Events. Aunque después de lo de anoche…

–Como has dicho, si alguien puede hacerlo, es Gabriel.

–No dudo que él sea capaz de averiguar por qué el negocio está perdiendo dinero.

–Es su especialidad –admitió su madre–. Cuando adquirimos Piretti's, él consiguió solucionar los problemas económicos en menos de un mes. Desde entonces, cada vez lo hace mejor. Puede desmontar una empresa y volver a montarla mejor que nadie. Incluso se le da mejor que a su padre.

–Cuento con ello. Son los otros problemas los que le van a resultar más difíciles. Si nosotras no podemos averiguar por qué no somos capaces de cerrar ciertos contratos clave, ¿cómo va a hacerlo él? Y ahora, después del incidente de Marconi, quizá ni importe. De algún modo vamos a tener que inventarnos un plan para salvar nuestra reputación –miró a Dina–. Me imagino que en cuanto se corra la voz, empezarán las cancelaciones. Y dudo que nuestro contrato sea lo bastante blindado como para evitar que los clientes se vayan.

–Quizá Gabriel pueda convencerlos de que no lo hagan.

–Será mejor que alguien lo haga.

–¿Cuál es el siguiente paso? –preguntó Dina–. ¿Dónde nos dirigimos a partir de aquí?

Catherine sentía dolor de cabeza y se frotó las sienes.

–Tengo una reunión con Gabe dentro de una hora. Se supone que vamos a discutir la estrategia. Me gustaría que continuaras ocupándote de la oficina, si no te importa. Siempre se te da muy bien camelarte a los clientes cuando llaman.

Dina puso una amplia sonrisa.

–Soy muy buena al teléfono.

Por primera vez en mucho tiempo, Catherine se rio.

–Sí, lo eres –admitió–. Y si hoy hicieras todo lo posible por ser aún mejor, te lo agradecería.

–Haré todo lo posible para ayudarte. Ya lo sabes, no hace falta que te lo diga.

–Lo sé –le agarró la mano a Dina–. ¿De qué manera puedo agradecerte todo lo que has hecho? No solo hoy, sino por cada día durante los dos últimos años.

Dina negó con la cabeza.

–No tienes que agradecerme nada.

–Por favor. Déjame que te diga esto –se le llenaron los ojos de lágrimas–. Me acogiste en un momento en el que necesitaba a alguien desesperadamente. Y lo hiciste a pesar de que había dejado a tu hijo. Me permitiste vivir aquí y te ocupaste de mí durante un par de meses, hasta que me sentí lo bastante bien como para vivir sola. No solo has sido una amiga para mí, sino también la madre que nunca tuve.

–Oh, cariño, vas a hacerme llorar. Nadie debería perder a su madre, y menos a una edad tan temprana. Si he sido capaz de llenar su vacío, aunque sea una pizca, me alegro de haberlo hecho. Solo deseo… –se mordió el labio inferior y puso cara de culpabilidad–. He de hacerte una confesión.

–Deja que lo adivine. No me acogiste por altruismo. Lo hiciste porque confiabas en que Gabe y yo nos reconciliáramos.

–¿Lo sabías?

–Digamos que lo sospechaba.

–Espero que no te haya ofendido.

Catherine negó con la cabeza.

–En absoluto –se acercó a la mujer que una vez estuvo a punto de ser su suegra y la abrazó–. Gracias por todo. Pero no te hagas ilusiones respecto a Gabe y a mí. Solo es algo temporal. Después de unos meses se dará cuenta de que el hecho de que lo dejara hace un par de años era algo inevitable. Simplemente, no estamos hechos el uno para el otro.

–Estoy segura de que eso es lo que vais a constatar. Y siento mucho que te veas metida en este aprieto.

–¿Dina?

–¿Sí, cariño?

–¿Te das cuenta de que las puertas de tus armarios de cocina son de cristal?

–Sí. Los elegí yo misma.

–¿Y te das cuenta de que, con esta luz, el cristal actúa como un espejo?

–¿De veras?

–Me temo que sí. Me resultaría más fácil creer que te sientes mal por el hecho de que tenga que irme a vivir otra vez con Gabriel, si no te hubiera visto lanzar el puño al aire.

–No he lanzado el puño –comentó Dina–. Era un gesto para mostrarte mi apoyo. Bueno, y cierto entusiasmo.

–Sigo viéndote. Ahora sonríes como una maniaca.

–Solo trato de poner cara de ilusión ante el hecho de que vuelvas a vivir con Gabriel. En el fondo, lloro por ti.

Catherine se separó de ella.

–Solo es algo temporal, Dina. No estamos juntos otra vez.

Dina puso una pícara sonrisa.

–Trata de decírselo a Gabriel y verás lo que consigues con ello.

***

Cuarenta y cinco minutos más tarde, Catherine salió del ascensor de Piretti's y se dirigió al despacho de Gabe. Llevaba una chaqueta de color verde, una falda a juego y unos zapatos de tacón. Era uno de sus conjuntos preferidos, básicamente porque hacía juego con su cabello y sus ojos.

Durante el trayecto había ido pensando en cómo afrontaría su encuentro con Roxanne para tratar de no pensar en un asunto más serio, su encuentro con Gabe. A pesar de que había aceptado mudarse con él, no había aceptado nada más. Antes de hacer la maleta pretendía establecer unas normas con Gabe. Pero sabía que él era uno de los mejores negociadores que había conocido nunca y que le resultaría difícil salirse con la suya.

Para su sorpresa, Roxanne no estaba allí. La puerta del despacho de Gabe estaba abierta y Catherine se detuvo junto a ella. Él estaba de perfil, frente a los ventanales con vistas a Puget Sound. Catherine lo observó un instante y sintió que una oleada de calor la invadía por dentro, instalándose en su vientre y en la entrepierna. Durante un segundo, se le nubló la vista y vio al capitán de un barco pirata en lugar de a un magnate de las finanzas.

Gabe llevaba la camisa arremangada y sus brazos bronceados quedaban al descubierto. Se había quitado la corbata y se había desabrochado la camisa, de forma que se veía su pecho poderoso, sobre el que tantas veces había apoyado ella la cabeza.

De pie, y con la mano en la cadera, daba órdenes a través de un teléfono inalámbrico.

–Dile a Felder que la oferta estará en pie durante veinticuatro horas –Gabe miró el reloj–. Después, no estaré interesado en reestructurar, y mucho menos en comprar –colgó la llamada y se volvió para mirar a Catherine–. Justo a tiempo. Siempre he apreciado tu puntualidad, Catherine.

Ella entró en el despacho.

–Tengo muchas cosas que hacer hoy, así que no veía sentido en desperdiciar el tiempo.

–Tenemos muchas cosas que hacer –la corrigió él–. He cambiado las citas que tenía para hoy para que podamos formular una estrategia de actuación para Elegant Events.

–Gracias. Te agradezco que le dediques tiempo.

–Es lo que acordamos, ¿no es así?

Él inclinó la cabeza hacia un lado y el sol hizo que brillaran sus ojos azules. De tal manera, que ella solo podía pensar en una cosa. Iba a mudarse a vivir con aquel hombre. Pronto compartiría su vida privada y personal. Compartiría su casa. Su espacio. Y aunque él no se lo había dicho, ella no tenía ninguna duda acerca de que él también esperaba compartir su cama.

Antes le parecía algo tan natural... Desayunos que combinaban comida, café y besos apasionados. Cenas románticas que se volvieron cada vez más inusuales a medida que el trabajo se entrometía en su vida de pareja. Los momentos en que hacían el amor de manera desenfrenada. Todo eso lo había compartido con él y, sin embargo, no habían sido capaces de mantener la relación.

¿Cómo iba a retomar una relación que no había funcionado antes? Lo que había sucedido en el pasado marcaba demasiado el presente como para que pudieran volver a estar juntos. Ella se mordió el labio inferior. Ni siquiera podrían forjar una relación diferente. Simplemente, no tenían futuro, así de simple.

–¿Catherine? –Gabe se acercó a ella–. Era eso lo que habíamos acordado, ¿no es así? ¿Mi ayuda a cambio de que volvieras a vivir conmigo?

–Gabe… –comenzó a decir ella.

–¿Ya estás faltando a tu promesa?

–No. Hice una promesa y la cumpliré –lo miró a los ojos, pidiéndole en silencio que cambiara de idea, que se diera cuenta de que era imposible que su plan funcionara–. Pero has de comprender una cosa antes de que sigamos adelante. Sea lo que sea lo que hayas planeado, o lo que trates de conseguir obligando a que vivamos juntos, no va a funcionar. No se puede forzar una relación.

–Tú has de comprender algo también. No se forzará nada. Lo único que tengo que hacer es acariciarte, del mismo modo que lo único que tienes que hacer tú es acariciarme a mí. Es todo lo que hará falta, Cate, y lo sabes tan bien como yo. Una caricia y ninguno de los dos será capaz de evitarlo –dijo con una sonrisa.

–No hemos establecido unas normas –protestó ella–. Hemos de negociar las condiciones.

–Las condiciones están establecidas. Viviremos juntos, con todo lo que eso implica. Ahora deja de retrasar lo inevitable y pongámonos a trabajar.

Ella arqueó una ceja y dio un paso atrás.

–¿Solo trabajo?

Él la miró divertido.

–Aquí y ahora, sí. Pero lo que sucederá esta noche no tendrá nada que ver con el trabajo.

Ella contuvo la respiración al imaginarse a los dos desnudos, con las piernas entrelazadas y sus bocas encontradas. ¿Cómo diablos esperaba que se pusiera a trabajar con esa imagen en la cabeza?

Él debía de saber en qué estaba pensando, porque soltó una carcajada.

–No te sientas mal. No eres la única.

–¿La única que qué?

–La única a la que le va a costar concentrarse en el trabajo hoy.

–Eso es una primicia –murmuró ella.

–No. Hacía mucho que no me pasaba. Más o menos, veintitrés meses –respiró hondo y se pasó la mano por el cabello–. Si tu situación no fuera tan grave, lo mandaría todo al infierno y nos iríamos del trabajo.

–¿Y qué conseguiríamos con eso?

–Nos daría la oportunidad de establecer nuestras prioridades –explicó él–. Porque esta vez tengo intención de solucionar lo que fue mal.

–Sabes que no podemos permitirnos dejar el trabajo.

–Por desgracia no. Al menos por hoy. Y puesto que no podemos… Veamos qué podemos hacer para salvar Elegant Events.

Ella tardó un instante en centrarse de lleno en el trabajo.

–Después del desastre de anoche, espero que me cancelen contratos –dijo ella–. Y muchos.

–¿Tienes contratos con tus clientes?

–Por supuesto. No soy idiota, Gabe –cerró los ojos–. Lo siento. Eso estaba fuera de lugar. Es producto del agotamiento.

Él lo dejó pasar sin hacer comentarios.

–Haz una cita con aquellos que quieran cancelar el contrato. Diles que si se reúnen contigo durante treinta minutos y no sois capaces de llegar a un acuerdo amistoso, les devolverás la fianza.

Catherine palideció.

–¿Te das cuenta de lo que eso significa? Quebraremos si no soy capaz de salvar el setenta y cinco por ciento de nuestros contratos –se pasó la mano por la frente–. Y eso siendo optimista. Debería salvar un noventa por ciento.

–Podré darte una cifra más precisa cuando examine las cuentas. ¿Quién está a cargo de ellas?

–Mi socia.

–Ah, la misteriosa copropietaria. ¿Te das cuenta de que no puedes mantener oculta su identidad después de lo de anoche? Concierta una reunión con ella. Si vamos a salvar tu negocio, necesito saberlo todo acerca de él. Y eso incluye todo lo relacionado con tu socia.

Catherine asintió.

—Lo haré. ¿Qué más?

—He llamado a Natalie Marconi y ha aceptado encontrarse con nosotros en… –miró el reloj–. En una hora y cuarto. Tendrás que darle una buena disculpa –levantó la mano al ver que ella se disponía a interrumpirlo–. Sé que anoche lo hiciste, pero tienes que volver a hacerlo a la luz del día. Dudo que nada de lo que hagamos sirva para algo, pero…

—Pero hemos de intentarlo.

—Exacto –agarró la corbata que estaba en el respaldo de la silla.

—De algún modo sospecho que ella se habría negado a verme si tú no hubieras llamado –no esperó a que se lo confirmara–. Solo para que lo sepas, pensaba devolverle todo el dinero.

Gabe se puso la chaqueta del traje.

—¿Cómo va a afectar eso a tus reservas?

—Mucho –admitió ella–. No importa. Hay que hacerlo.

—De acuerdo –Gabe la guio fuera del despacho y se detuvo junto al escritorio vacío de Roxanne–. Veamos si reunirte con ella no te ayudará a mantener una pequeña porción de buena voluntad.

—¿Dónde está tu secretaria? –preguntó Catherine, al ver que él le dejaba una nota.

—En el terreno. He pasado seis meses negocian-

46

do la compra de una fábrica de motores de barcos. Encajará a la perfección con otra empresa que tengo que se dedica al diseño de yates. En estos momentos compramos muchos componentes. Me gustaría que eso cambiara.

–Así que vas a comprar las empresas que fabrican los componentes que tenéis que comprar.

–Exacto –dejó la nota sobre el teclado del ordenador de Roxanne y se dirigió con Catherine hacia los ascensores–. Roxanne está tratando de concertar una reunión para ultimar los detalles. Por algún motivo, Jack LaRue, el dueño, ha estado dándonos largas y necesito saber por qué y resolver los asuntos pendientes. Roxanne tiene una manera de… –se encogió de hombros–. Digamos que consigue que la gente deje de darnos largas.

–Comprendo.

Se abrió la puerta del ascensor y entraron los dos en él.

–Nunca te ha caído bien, ¿verdad? –preguntó él.

–No.

–¿Es porque ocupó tu puesto de trabajo? ¿O es cosa de mujeres?

Catherine contó hasta diez antes de contestar.

–Digamos que es un choque de personalidades.

–Lo siento. No me lo creo. ¿Cuál es el verdadero motivo?

–¿La verdad?

–No, quiero que me mientas.

Catherine suspiró con frustración.

–Me molestaba tener que hablar con ella para poder hablar contigo. Y que tuviera el poder de decidir qué mensajes te iba a dar y cuándo. También me molestaba el hecho de que no solo quisiera ocupar mi puesto de trabajo, sino también mi lugar en tu vida. ¿Te parecen motivos suficientes?

Capítulo Cuatro

Antes de que Gabe pudiera responder, se abrieron las puertas del ascensor y Catherine salió al garaje. Hasta ese momento no se había dado cuenta de lo mucho que deseaba decir aquello. Pero ya que lo había hecho, sabía que no cambiarían las cosas. Él no la iba a creer, igual que no la había creído dos años atrás. En lo que se refería a Roxanne, estaba tan ciego como el resto de los hombres.

Catherine se detuvo junto al Jaguar de Gabe y trató de recuperar la compostura.

Gabe abrió la puerta del coche y esperó a que Catherine entrara antes de sentarse al volante. En lugar de arrancar enseguida, se volvió para mirarla.

—Lo siento. No tenía ni idea de que ella supusiera un problema para ti.

—No supone un problema. Ya no.

—Me aseguraré de que sea así. Le daré instrucciones para que, cuando llames, me pase la llamada directamente, aunque esté reunido.

—No hace falta que hagas eso.

—Sí, lo haré.

—¿Por qué, Gabe? —susurró ella—. ¿Por qué no pudiste hacerlo cuando surgió el problema? ¿Por qué vas a hacerlo ahora, cuando ya es demasiado tarde?

–No es demasiado tarde –arrancó el motor–. Te marchaste de mi lado por un buen motivo. Admito que teníamos problemas. Graves problemas. Esta vez, voy a tratar de solucionarlos.

Tardaron poco menos de una hora en llegar a la finca de los Marconi. Una doncella los acompañó hasta un salón desde donde se veía el desastre que había acontecido la noche anterior. Catherine no dudó ni un instante acerca de que hubieran elegido el lugar a propósito.

–No estoy segura de por qué estáis aquí –dijo Natalie, después de que se hubieran sentado. Se sirvió una taza de café y no les ofreció a ellos–. No comprendo por qué has venido, Gabe. Es la señorita Haile la que me debe una explicación y una disculpa.

–Tiene toda la razón, señora Marconi –Catherine habló antes de que lo hiciera Gabe–. Le debo una disculpa, y no se imagina lo mucho que siento que se estropeara su fiesta –abrió el bolso, sacó un cheque y lo dejó sobre la mesa de café–. Aquí tiene la devolución del dinero.

–¿Crees que devolviéndome el dinero vas a arreglarlo todo?

–En absoluto. Creo que devolverle el dinero es lo menos que puedo hacer para compensar la parte de responsabilidad que me toca en lo sucedido. Siento que los guardas de seguridad no pudieran interceptar a los intrusos. Esta mañana hablé con la policía y me dijeron que los jóvenes de las motoras habían recibido una invitación de una mujer no identificada. Están investigando para averiguar quién les hizo la invitación, en caso de que quisiera continuar adelante con la denuncia. La empresa de las góndolas se ha ofrecido a compensar a sus invitados por los daños causados.

–¿Y los aspersores? Ese error fue culpa tuya.

Catherine inclinó la cabeza.

–Acepto la plena responsabilidad al respecto. Le prometo que comprobé dos veces el riego automático para asegurarme de que estaba desconectado. No me explico por qué entraron en funcionamiento.

–Yo sí. Eres una incompetente.

–Natalie –dijo Gabe.

–¿Qué otra explicación puede haber? –contestó a la defensiva.

–Se me ocurren tres. Una, que hubiera un corte de electricidad y que el programador volviera a su programación inicial. Dos, que alguien cambiara la hora de manera accidental. Y tres, que alguien lo hiciera a propósito, a modo de broma –hizo una pausa–. Anoche había muchos jóvenes a quienes podría haberles parecido divertido activar los aspersores en mitad de la fiesta y observar cómo provocaban el caos.

Natalie se puso derecha.

–¿Estás acusando a alguien de mi familia?

–No soy yo quien hace las acusaciones –dijo él–. Simplemente digo que hay explicaciones alternativas.

–Las iniciales de Catherine estaban en la lista de quehaceres, donde aparecía la programación del riego automático. Lo vi con mis propios ojos.

–Lo que significa que ella los programó. ¿Si no por qué iba a haber puesto sus iniciales? Sería distinto que no los hubiera revisado, entonces podrías acusarla de haberlo pasado por alto.

Natalie gesticuló con la mano y cambió de tema.

–¿Y el incendio de la carpa? Podríamos haber perdido la casa. La gente podía haberse herido, o algo peor.

–Tu hija tropezó con el viento que anclaba la carpa. Yo lo vi. Estoy seguro de que si se lo preguntas, lo admitirá. Sobre todo porque se torció el tobillo y tu yerno la tuvo que llevar en brazos. No ha habido negligencia, Natalie. Fue un accidente fortuito.

–Por otro lado –añadió Catherine–, la idea de contratar a una empresa de eventos es para prever lo imprevisible y tomar precauciones.

Gabe se volvió hacia ella.

–En retrospectiva, ¿qué más podrías haber hecho para prevenir que sucedieran esos accidentes? Ya habías comprobado el riego automático. Dos veces. La zona del lago estaba señalizada y vigilada por los guardas. Y la carpa estaba bien anclada.

Natalie suspiró.

–De acuerdo, está bien. Lo has dejado claro, Gabe. No veo cómo Catherine podría haber previsto esas situaciones. Ojalá hubiera podido hacerlo, pero me gusta considerarme una mujer justa y honesta. Y eso me hace admitir que nadie podría haber anticipado esos extraños sucesos –miró a Catherine–. Gracias por devolverme el dinero y por pedirme disculpas. Hasta que se desató el caos, la fiesta estaba siendo un éxito.

Catherine se puso en pie.

–Agradezco su comprensión. Le diría que me encantaría trabajar con usted en el futuro… –esbozó una sonrisa–. Pero me temo que me derramaría esa taza de café por la cabeza.

Natalie sonrió.

–Buen intento, cariño, pero hay muy pocas posibilidades de que pueda perdonarte.

Catherine se encogió de hombros.

–Había que intentarlo –le tendió la mano–. Gracias por tomarse la molestia de recibirme.

–Puedes darle las gracias a Gabe. No estoy segura de que hubiera aceptado de no haber sido por él –lo miró–. Por algún motivo, es imposible decirle que no a este hombre.

Catherine suspiró con exasperación.

–Eso ya lo he descubierto –murmuró.

***

Cuando se marcharon de casa de los Marconi, Gabe le entregó a Catherine la tarjeta de una empresa de transportes y la llave de su apartamento.

–He contratado a esta empresa para que traslade tus cosas a mi casa. Llámalos cuando lo tengas todo preparado.

–No tengo tantas cosas –protestó ella, mientras regresaban a la ciudad–. Solo un par de maletas.

–Quiero que sientas que vives allí, no que estás de invitada.

–Seré una invitada –contestó ella–. El único que no se da cuenta de ello eres tú.

Él no se molestó en discutir. Pero cuando se detuvo frente al edificio donde vivía Catherine, se bajó del coche y la siguió hasta el vestíbulo.

–No hace falta que entres –le dijo ella, por encima del hombro–. Llamaré a la empresa de transportes, si eso te hace feliz.

–¿Prefieres hablar de esto en la vía pública? –preguntó él.

–En realidad, preferiría no hablar de ello –contestó Catherine.

–Me temo que esa opción no está disponible.

–He aceptado tus condiciones. ¿Qué más quieres? –él la miró y ella resopló enojada–. Está bien. Entra.

Subieron hasta el segundo piso por las escaleras. Catherine abrió la puerta de la casa y dijo:

–¿Te apetece tomar el café que Natalie no nos ofreció antes de marcharte?

Él arqueó una ceja.

–¿Qué prisa tienes? Me gustaría aclarar algunas cosas –recorrió el pequeño salón, observando las vistas y el mobiliario–. Acogedor.

–No necesito mucho espacio –dejó las llaves en un cuenco que estaba sobre una mesa, cerca de la puerta–. Probablemente porque no ocupo ni la mitad que tú.

Él se volvió.

–A veces olvido lo pequeña que eres. Debe de tener que ver con la personalidad tan fuerte y pasional que tienes.

El cumplido la pilló desprevenida. Se cruzó de brazos y dijo:

–¿De veras crees que va a haber alguna diferencia en nuestra relación por el hecho de que lleve dos maletas a tu casa o dos camiones enteros? Mis pertenencias no harán que me quede allí. Y menos cuando nuestra relación se venga abajo una vez más.

–Tener tus cosas personales hará que te sientas más cómoda. Y quizá, si estás más cómoda, estarás dispuesta a solucionar los problemas en lugar de huir de ellos.

–Yo no salí huyendo la primera vez, Gabe.

Él apretó los dientes.

–¿No? A mí me pareció que sí. Estabas allí y, de pronto, desapareciste. Sin avisar. Sin siquiera una llamada de teléfono.

–Dejé una nota.

–Lo recuerdo –se acercó a ella–. La encontré cuando llegué a casa después de trabajar durante cuarenta y ocho horas para solucionar una crisis que podía suponer el fin de Piretti's.

–¿Qué quieres decir con que podía suponer el fin de Piretti's? –preguntó alarmada–. Pensé que se trataba de llevar a cabo una de tus adquisiciones.

–No. Los antiguos miembros de la junta directiva de Piretti's llevaron a cabo un golpe maestro, los mismos que yo había echado después de mi jugada. No importa –retomó el tema principal–. Actuaste con mucha frialdad, Catherine.

–Tienes razón –admitió ella–. Y lo siento. Algún día pregúntame por las cuarenta y ocho horas que viví antes de tomar esa decisión. Me sentía vacía y…

–¿Y qué? Te sentías vacía y… ¿qué? –insistió él.

–Destrozada. Enferma y destrozada.

Se obligó a hablar. Después, abrió el maletín y sacó la carpeta que le había enseñado a Gabe el día anterior. Él la agarró de la mano, obligándola a dejar la carpeta de Elegant Events a un lado.

–¿Por eso te fuiste a vivir con mi madre? Porque te sentías enferma y destrozada.

–No tenía más familia –susurró ella–. No tenía otro sitio donde…

–No tienes que justificarte. Me alivia saber que te sentías bien acudiendo a ella.

–¿De veras? Me sorprende que no te enfadaras con ella por haberme aceptado en su casa.

Él la miró como si acabara de recibir una bofetada.

–¿Era tan cretino como para que creyeras que podía hacer tal cosa? Me aliviaba saber que tenías un sitio donde vivir. Saber que estabas a salvo –entonces, formuló la pregunta que ella temía–. Has dicho que estabas enferma. ¿Qué te pasaba?

–Nada que un poco de amor no pudiera curar.

–Un amor que no te ofrecí.

Ella lo miró a los ojos.

–No, no lo hiciste.

–Eso va a cambiar. Sé que no me crees. Solo el tiempo te convencerá de lo contrario, y espero que los próximos meses sirvan para ello.

No tenía sentido discutir, y menos cuando él tenía razón. Solo el tiempo les mostraría la verdad. La verdad acerca de que no podían estar juntos. Una vez más.

–Me parece bien.

–Llama al número de la tarjeta, Catherine –insistió él–. Van a cobrar lo mismo independientemente de cuántas cosas te lleves. Y lo único que tienes que hacer es señalarles lo que quieres llevarte. Ellos las empaquetarán y las llevarán a mi casa. Una vez allí, las desempaquetarán.

–Gracias –dijo ella con voz tensa–. Eres muy generoso.

–No. Por favor, no.

Catherine cerró los ojos un instante.

–Lo siento. Llevamos tanto tiempo separados…

–negó con la cabeza–. No sé cómo manejar esta situación.

–Entonces, te mostraré cómo hacerlo. Es fácil –le sujetó el rostro y la besó en la boca–. ¿Ves qué sencillo es?

–Todavía no…

Catherine no terminó la frase. Gabe la besó de nuevo, provocando que se olvidara de todo. Ella no se resistió y lo besó también. Colocó las manos sobre su torso y le quitó la chaqueta. Agarró su corbata y le deshizo el nudo antes de desabrocharle la camisa. Por fin, encontró su piel.

Deslizó la boca por su cuello, notó que le vibraban las cuerdas vocales y sonrió. Recordaba ese sonido, y el placer que le producía escucharlo. La idea de que con solo acariciarlo, un hombre tan grande como Gabe pudiera perder el control.

Ambos estaban al límite, pero Catherine sabía que tenía elección. Podía terminar lo que había comenzado o podía separarse de Gabe. Por un lado, deseaba sentir las manos de Gabe sobre su cuerpo y la maravillosa sensación que experimentaba cuando se unían sus cuerpos. Pero había demasiados asuntos sin solucionar entre ellos como para que se entregara tan rápidamente.

–Te he echado mucho de menos, Catherine –murmuró él al sentir que dudaba. Le acarició el cuerpo por encima de su traje entallado, redescubriendo su figura–. Y también he echado de menos todo esto.

Ella no podía aguantar mucho más. Era una cuestión de «ahora o nunca». Suspiró, se retiró un poco y notó que el sentido común se apoderaba de ella.

–No juegas limpio –se quejó. Le mordisqueó el torso una vez más y se soltó de su abrazo–. Supongo que crees que esto demuestra que tienes razón.

–Si pudiera recordar qué es lo que opinaba, estaría de acuerdo contigo. Pero puesto que me ha bajado toda la sangre del cerebro a la entrepierna, no creo que pueda hacerlo –arqueó una ceja–. ¿Tú recuerdas lo que estaba diciendo?

–No puedo decirte que sí.

–Mentirosa –sonrió él.

Ella se aclaró la garganta.

–Quizá que vivir juntos otra vez sería como montar en bicicleta. Que en cuanto empezáramos a pedalear, sabríamos cómo hacerlo.

–He de admitir que no recuerdo esa parte de nuestra conversación, pero me parece bien –entornó sus ojos azules–. La tarjeta de la empresa de transportes. Tus dudas.

Ella sonrió.

–Ah, ya estás. De vuelta al trabajo, como siempre.

–¿Y qué te parece esto? Pedirles a los de la mudanza que se lleven menos de lo que yo pido y más de lo que tú quieres llevarte. ¿Te parece un compromiso razonable?

–Sí.

–¿Eso significa que lo harás?

Ella asintió.

–Supongo que llegaré antes de la cena.

–Perfecto. He preparado algo especial para esta noche –le tocó la nariz con el dedo índice–. Y no, no me refiero a algo sexual, así que no te indignes conmigo.

–Hmm –ella ladeó la cabeza y lo miró con los ojos entornados–. A pesar de tus palabras, sospecho que tarde o temprano querrás llegar a ese tema.

–Cuenta con ello –le prometió él con un brillo en la mirada–. Pero en este caso estaba hablando de la cena.

–No tienes que preparar nada especial –protestó ella.

Gabe la sujetó por la barbilla.

–Sí –le aseguró–. Lo haré. Te veré sobre las seis.

El resto del día pasó volando. Catherine llamó a la empresa de mudanzas y enseguida aparecieron dos hombres en su casa. En poco tiempo, tenía todas las cosas que les había indicado empaquetadas y cargadas en el camión. Tal y como Gabe había dicho, la otra parte del proceso fue igual de sencilla.

El único momento que le resultó incómodo fue cuando le preguntaron dónde quería que guardaran su ropa. Ella dudó si colocarla en una de las habitaciones vacías o en el dormitorio de Gabe. Teniendo en cuenta lo que había sucedido en su apartamento, le parecía que no tenía sentido instalarse en una habitación en la que no duraría más de una noche.

Aunque sabía que su relación no tenía futuro, al menos disfrutaría de la fantasía mientras durara.

En cuanto los hombres de la empresa de transportes cerraron la puerta, Catherine recorrió el ático de Gabe. Le resultaba extraño estar de nuevo allí. Por un lado, se sentía como en casa, como si nunca se hubiera marchado.

Estaba la mesa en la que solía sentarse para organizar las fiestas y planificar su vida social. Y el sofá donde Gabe y ella se acurrucaban con una taza de café en la mano, los domingos por la mañana, mientras veían llover a través de la ventana. Y allí…

¿Cuántas veces habían recibido a amigos en el salón? Gabe se sentaba en una butaca enorme y ella se sentaba en una esquinita a su lado.

Por supuesto, también había algunos cambios. Los cojines del sofá eran diferentes. Y había una escultura de madera que nunca había visto. Las cortinas también eran distintas.

Después de retrasar lo inevitable todo lo posible, se armó de valor y entró en el dormitorio. Aquella habitación era la que más había cambiado. La cama y los muebles, que antes eran oscuros y muy masculinos, habían sido sustituidos por otros de madera de teca que recordaban a los barcos de vela del siglo anterior. Catherine no pudo evitar sonreír. Aquellos muebles eran del estilo de Gabe, pero no podía evitar preguntarse por qué habría retirado los anteriores.

Para su sorpresa, el cambio le produjo una sensación de alivio, como si la energía negativa hubiera desaparecido de golpe. Miró el reloj y se percató de que Gabe llegaría a la casa en menos de media hora, y pensó que si él había planeado una cena especial, ella debería vestirse para la ocasión.

Eligió un vestido largo de color turquesa y se dejó el cabello suelto, por primera vez en muchos años, de modo que una melena rizada caía sobre su espalda.

Acababa de maquillarse cuando llamaron al timbre y se dirigió a abrir la puerta. Les llevaban la cena que Gabe había encargado. Era una empresa de catering que ella había contratado otras veces para otros eventos. Saludó a la cocinera y a la ayudante y las guio hasta la cocina.

–Gabe dijo que teníamos que llegar a las seis y servir la cena antes de las seis y media –dijo Sylvia–. Solo tardaremos unos minutos en sacar los aperitivos y calentarlos. Entretanto, abriré el vino para que respire mientras Casey sirve la mesa. Ella será quien os atienda esta noche.

–Gracias –dijo Catherine con una cálida sonrisa–. Estaré en el salón. Gabe llegará en cualquier momento.

O eso creía ella. Hacia las seis y media, ella ya se había comido varios canapés. A las siete menos cuarto, Sylvia apareció en la puerta.

–¿Espero un poco más para servir la cena? Me temo que si esperamos demasiado, quedará muy hecha.

–Espera quince minutos más. Si Gabe no ha llegado para entonces, envuélvelo todo y guárdalo en la nevera.

–Oh. Oh, claro. Podemos hacer eso.

Catherine se encogió al oír la voz de lástima de la otra mujer.

–Gracias, Sylvia. Estaré en el dormitorio, por si me necesitas.

Se dirigió al dormitorio con la cabeza bien alta y cerró la puerta. Una vez allí, se dedicó a sacar sus cosas y a cambiarlas de habitación. ¿Por qué había pensado, aunque fuera por un segundo, que él podía cambiar? Nada había cambiado. El trabajo siempre sería prioritario para Gabe.

Sonó el teléfono y Catherine contestó:

–¿Diga?

–Lo siento –oyó la voz de Gabe–. No era así como pensaba pasar nuestra primera noche juntos.

–Estoy segura de que no –dijo ella, tratando de mantener el control.

–Estás furiosa, y lo comprendo. El contrato del que te hablé antes ha salido adelante. Roxanne consiguió que LaRue se sentara a negociar, y era el único momento en que estaba dispuesto a reunirse.

–Me lo imagino.

–Nos va a llevar un rato. Llegaré a casa lo más pronto posible. Mañana por la mañana seguiremos negociando. Esta será la última vez.

Ella negó con la cabeza con incredulidad.

–Crees que será así, Gabe. Eso es parte del problema. Siempre piensas que la próxima vez será diferente. Pero nunca lo es, ¿verdad?

Sin esperar a que contestara, colgó el auricular. Tenía que informar al servicio de catering de que podían marcharse. Pero primero, necesitaba un momento para sí misma. Un momento para llorar la muerte de la pequeña esperanza que se había instalado en su corazón sin que ella se diera cuenta.

Capítulo Cinco

Eran las dos de la madrugada cuando Gabe abrió la puerta de su apartamento. Catherine le había dejado una luz encendida, la de la lámpara que estaba junto a la escultura de la mujer tumbada, una mujer que le recordaba a ella. Por eso la había comprado, a pesar de que sospechaba que sufriría cada vez que la mirara. Y así era.

Apagó la luz y se dirigió al dormitorio, deteniéndose de golpe al ver que Catherine no estaba allí. Durante un instante, revivió la noche que ella lo había dejado. Miró hacia la cómoda, esperando encontrarse un sobre blanco con su nombre. Por supuesto, no había tal sobre. Ni la cómoda. Una semana después de que ella se marchara, él había cambiado todo el dormitorio para evitar sufrir con los recuerdos.

Tras quitarse la chaqueta y la corbata, salió a buscar a Catherine. La encontró en el dormitorio de invitados. Estaba sentada ante el escritorio, junto a la ventana. Dormida, con la cabeza apoyada sobre sus brazos. Llevaba un camisón largo de seda que combinaba con una bata del mismo color.

Gabe se acercó y miró los papeles que estaban esparcidos alrededor de ella. En ellos se reflejaban las cuentas de su negocio. Agarró uno de ellos y lo miró despacio. Frunció el ceño. «Diablos», pensó al ver que estaba al borde del desastre. Lo primero que haría al día siguiente sería echarles un vistazo a las cuentas para ver cómo podría sacar el negocio adelante. Suponiendo que fuera posible.

Dejó los papeles a un lado, y tomó a Catherine en brazos. Ella se movió un poco, pero no se despertó hasta que llegaron al dormitorio de Gabe y él la dejó sobre la cama. Lo miró confusa, y con una mirada cansada, llena de vulnerabilidad.

–¿Qué…?

–Te has quedado dormida sobre el escritorio.

Ella se incorporó de golpe.

–¿Qué estoy haciendo en tu cama? ¿Cómo he llegado hasta aquí? –le preguntó.

–Estás en mi cama porque es donde tienes que estar –le explicó él–. Y has llegado hasta aquí porque yo te he traído en brazos.

–Bueno, pues puedes llevarme otra vez a mi habitación, porque no voy a quedarme.

Gabe se quitó los zapatos sin decir palabra y comenzó a desnudarse. Solo le quedaba una prenda para estar completamente desnudo, cuando ella saltó de la cama.

–¿No me has oído, Gabe? No voy a dormir contigo.

–Entonces, no duermas –contestó él–. Pero cuando nos acostemos, lo haremos en la misma cama.

Ella negó con la cabeza.

–Esta noche me has dejado plantada. Me prometiste que esta vez sería diferente, y después me dejaste plantada. No puedes hacer eso y pretender que…

–Solo para que lo sepa, ¿así es como tengo que reaccionar cuando ocurra al contrario? –preguntó él.

–¿Qué quieres decir?

–Quiero decir que tu negocio es tan exigente como el mío. La mayoría de los eventos son por la noche o durante los fines de semana, cuando yo no trabajo. Puesto que te has pasado dos años montando el negocio, sabrás que hay veces que surge lo inesperado y que no queda más remedio que solucionarlo.

–¡Maldito seas! –lo miró con frustración–. No estoy de humor para tanta lógica. No puedes echar todo esto sobre mí.

–Y no trato de hacerlo. Solo trato de hacerte ver que de vez en cuando va a suceder algo así. Será mejor que aprendamos a convivir con ello desde ahora mismo. Lo siento más de lo que imaginas. Quería que tu llegada a casa fuera especial y, sin embargo, ha sido una pesadilla. Pero dime cómo hacerlo la próxima vez, o cómo debería reaccionar cuando seas tú la que tenga una emergencia de última hora.

Gabe se percató de que ella no tenía palabras.

–Tenía muchas ganas de pasar esta noche contigo –confesó ella.

–Y yo también –se quitó la ropa interior y retiró la colcha. Después, tendió la mano hacia Catherine–. La bata –le dijo.

Al ver que ella no obedecía, le desabrochó los botones y se la quitó.

–No –susurró ella–. No, por favor.

–Está bien, cariño –dijo él, al ver que no estaba furiosa, sino que se sentía infeliz–. Está bien. Dormiremos sin más.

La abrazó con fuerza y cerró los ojos al sentir la presión de su cuerpo. Ella no se quejó cuando la guio hasta la cama. ¿Cuánto tiempo había pasado desde que ella había apoyado la cabeza sobre su hombro por última vez? ¿Cuánto tiempo había esperado él para sentir de nuevo la suavidad de su piel, y sus pequeños senos contra su cuerpo? Llevaba meses deseando que sucediera aquello. Y una vez que la tenía entre sus brazos, podía permitirse tener paciencia. Por mucho que deseara hacer el amor con ella, se conformaría con aquello hasta que llegara el momento adecuado.

–¿Estás dormido? –preguntó ella.

–Todavía no.

–¿Conseguiste cerrar el contrato?

Él sonrió. Era un buen comienzo. Se conformaba con ello.

Gabe se despertó al amanecer y se percató de que esa vez no estaba soñando. Era real. Tenía a

Catherine entre sus brazos, junto a su cuerpo, y sus corazones latían al unísono. Siempre la había considerado una mujer elegante, pequeña y delicada. Pero, en aquellos momentos, no era así. No cuando se abandonaba al sueño y permitía que él observara su verdadero ser. Una mujer misteriosa. Poderosa. Maravillosa.

Sus cuerpos estaban entrelazados. Él le acarició el rostro, percibiendo su piel suave y delicada, recordando su tacto. Algo que pensaba que habría olvidado después de tanto tiempo separado de ella. Pero no era así. Conocía cada curva de su cuerpo, y habría reconocido su piel incluso si hubiera sido ciego.

Ella había regresado. No por propia elección, pero eso cambiaría con el tiempo. Él se aseguraría de ello. Le acarició el cuello y deslizó la mano hasta sus caderas. Llevaba el camisón subido hasta la parte superior de los muslos, de forma que él podía contemplar la curva de su trasero. Echaba de menos despertar de aquella manera. ¿Todavía gemiría si la acariciaba con suavidad?

Decidió comprobarlo y se alegró al ver que así era. Ella se volvió hacia él, suspirando y arqueando el cuerpo. Echó la cabeza hacia atrás, de forma que sus rizos dorados se esparcieron sobre la almohada. Él la besó en el cuello y, al mismo tiempo, le acarició el pecho por encima del camisón de seda. Notó su pezón cálido y perfecto bajo su palma y se lo pellizcó con delicadeza. Una vez. Dos. A la tercera, ella se retorció pronunciando su nombre en tono de deseo.

Catherine siempre había sido así. Podía pasar de estar profundamente dormida a estar completamente excitada. Lo rodeó por el cuello y lo besó de forma apasionada. Él se colocó encima de Catherine y ella le rodeó la cintura con la pierna y lo presionó y abrazó contra su cuerpo mientras lo besaba. Él la acarició y, al notar que temblaba, se le aceleró el corazón. Un fuerte deseo se apoderó de los dos. Catherine le mordisqueó el labio una y otra vez y le dijo:

—No tan deprisa. Dame tiempo para pensar.

—Olvídalo, Catherine. No esperemos más. Esto es lo que importa —dijo él, y continuó besándola y explorando su cuerpo—. Esto es lo importante. Lo que sentimos aquí y ahora.

—Ojalá fuera verdad —dijo ella con voz entrecortada, justo cuando él le acariciaba la parte exterior del pecho—. Pero no podemos olvidar lo que sucedió antes. ¿Qué hay de los motivos por los que te dejé? ¿Y del espacio vacío que tuvimos cuando estuvimos separados? Por mucho que lo disfrutemos, retozar entre las sábanas no servirá para solucionar nuestros problemas.

—Pero nos situará —dijo él—. Nos dará una base a partir de la que trabajar —le acarició la piel húmeda de la entrepierna para demostrárselo, observando cómo cambiaba el brillo de su mirada—. Estamos hechos el uno para el otro.

Ella negó con la cabeza, pero él sabía que si insistía, ella cedería. Se inclinó y la besó de nuevo.

Ella lo miró un instante y se humedeció los labios.

–¿Están echando humo? Tengo la sensación de que me están ardiendo.

Gabe soltó una carcajada.

–No, tus labios no echan humo, pero tu lengua sí. Justo por los bordes. Puedo enseñarte dónde. Y hacer que te sientas mejor.

Ella se rio también.

–Estoy segura –cerró los ojos–. Haces que me resulte imposible pensar.

–Entonces, no lo hagas –no conseguía apartar las manos de su cuerpo–. Siente sin más.

–Eso no es seguro, ni de alguien inteligente.

–No te haré daño, Cate.

Ella sintió un escalofrío al recordar lo que había sufrido.

–Ya me lo hiciste –susurró.

–Permíteme que cure parte de ese dolor.

Su oferta provocó que se le humedecieran los ojos. Él no sabía si había dicho lo adecuado o lo equivocado. Solo sabía que estaba siendo sincero. Ella estiró el brazo y le acarició el rostro. Después, lo besó, despacio y con ternura. Le acarició la espalda y le tocó la musculatura.

–Aquí es donde llevas el peso de la responsabilidad –le dijo entre beso y beso.

Gabe le acarició los hombros, y le retiró los tirantes del camisón.

–Soy fuerte. Puedo soportar mucho peso.

–Ahora no. Ahora te quiero aquí. Conmigo. Sin responsabilidades. Ni interrupciones. Solos tú y yo.

–No quiero estar en ningún otro sitio –dijo, y buscó la manera de demostrárselo.

La besó en el borde del camisón, en el lugar donde la tela cubría sus senos y retiró la tela. Sus pechos eran preciosos, pequeños, pero firmes. Le mordisqueó el pezón y observó cómo se le sonrojaba el rostro a causa del placer.

–Se te han oscurecido los ojos –le dijo.

–No se me han oscurecido –susurró ella–. Me has cegado.

–No hace falta que veas. Solo que sientas.

Más que nada, él quería que aquello fuera perfecto para ella. Por mucho que deseara penetrarla y sentir el calor húmedo de su cuerpo, aquella primera vez sería para ella. Iría despacio. Con cuidado. Acariciándola con la boca y con las manos, excitándola cada vez más.

Entonces, la poseyó, secándole las lágrimas que se agolpaban en sus pestañas, como si fueran polvo de diamantes. Se movió despacio, una y otra vez, provocando que se excitara hasta llegar al clímax. Después, permanecieron abrazados mucho rato con las piernas entrelazadas.

–No recuerdo cómo respirar –dijo él.

–Es curioso. Yo no recuerdo cómo moverme –dijo ella, abriendo un ojo–. Si yo respiro por ti, ¿te moverás tú por mí?

–Lo haré –dijo él–. Mañana, quizá.

–De acuerdo –ella permaneció en silencio tanto tiempo que él pensó que se había quedado dormida. Entonces, le preguntó–: ¿Por qué, Gabe?

–¿Por qué, qué?

Catherine abrió los ojos.

–Siempre fuiste un amante generoso. Pero lo de esta mañana… Lo de esta mañana ha sido un regalo.

Él sonrió.

–Entonces, acéptalo y da las gracias.

–Gracias.

–De nada.

–Sin embargo, hace que me pregunte adónde vamos a partir de aquí. ¿Qué quieres de mí?

Él contestó con sinceridad.

–Lo que tú quieras darme.

–Eso es fácil. No puedo ofrecerte permanencia, pero sí algo temporal. Podemos disfrutar de estar juntos durante los próximos meses. No tengo ningún problema al respecto.

–¿Y después?

–Después, continuaremos por caminos separados, por supuesto. Ya intentamos vivir juntos una vez. No funcionó, ¿recuerdas?

¿Cómo podía estar tumbada bajo su cuerpo y actuar como si todo lo que sentían fuese algo pasajero? ¿Es que no sentía la conexión que había entre ellos, la manera en que sus cuerpos se fundían como si fueran uno? ¿La manera en que sus mentes conectaban?

–¿Y qué pasará si un par de meses no son suficientes? –dijo él–. La última vez no lo fueron.

–Entonces, éramos distintos. Teníamos objetivos diferentes en la vida. Tú querías una mujer que pudiera ocuparse del aspecto social de tu vida. Alguien que te cuidara, y que cuidara tu casa. En aquel entonces, yo pensaba que eso sería suficiente para que yo también me sintiera satisfecha.

–¿Tiene que ver con tu trabajo? ¿Crees que yo me opondría a que tengas tu propio negocio?

–No… Al menos, todavía no. Pero tengo la sensación de que llegará el momento en que pretenderás que lo dejé un poco de lado para que me dedique a otras obligaciones más apremiantes.

–Obligaciones más apremiantes –repitió él–. ¿Te refieres a los hijos?

Ella no lo miró a los ojos.

–No quiero tener hijos, Gabe. Quiero una profesión. Antes de que me marchara me dejaste claro que pensabas formar una familia numerosa, igual que la que tú tuviste de pequeño.

Él se sentó y se pasó la mano por el cabello.

–¿Por eso te marchaste? –preguntó incrédulo–. ¿Porque no querías tener un bebé?

–Me presionabas para que tuviéramos uno.

–Maldita sea, te pedí que te casaras conmigo.

–Lo recuerdo –contestó ella–. Fue una bonita proposición… Hasta que el trabajo lo estropeó todo. La llamada de Roxanne me interrumpió a mitad de frase, ¿lo recuerdas?

Él trató de recordar. Ella estaba llorando de alegría. Llorando y riendo a la vez. Y estaba diciendo algo... ¿Qué diablos estaba diciendo?

–Tenías algo que decirme –se encogió de hombros–. Supongo que sería: «sí, cariño, me casaré contigo». ¿O me equivoco?

–Ya no importa, ¿no crees? Porque te marchaste –dijo ella–. Me dejaste allí, con las flores y la cena enfriándose en el plato. Me dejaste con tu precioso anillo y con el eco de las promesas en mis oídos. Porque en realidad, Piretti's siempre ha sido tu prioridad. Así que te marchaste, dejándome claro dónde quedaba nuestra relación en la lista de prioridades, y no regresaste a casa. Ni ese día ni el siguiente.

–Diablos, Catherine. Puede que hace dos años no supieras lo del intento de compra, pero ayer te lo expliqué todo en tu apartamento. ¿Qué se supone que debía hacer? ¿Permitir que Piretti's se hundiera? ¿Permitir que esos bastardos me robaran el negocio? –se puso en pie y se vistió–. Y sí regresé a casa. Vine y me encontré una nota tuya sobre la cómoda, junto al anillo por el que habías derramado preciosas lágrimas.

–¿Por qué esperabas otra cosa, Gabe? ¿Crees que soy un juguete que puedes usar o dejar según te plazca? ¿Te has preguntado alguna vez lo que hice mientras tú estabas gobernando tu imperio? ¿O simplemente te olvidaste de mí hasta que llegó el momento de regresar a casa para utilizarme de nuevo? Yo no entro en la fase de hibernación como si fuera uno de tus malditos ordenadores.

–Yo nunca dije… –se pasó la mano por el cabello y suspiró hondo, tratando de mantener la calma–. ¿Hay algún motivo por el que tengamos que sacar a relucir todo esto? Sé lo que sucedió. Y sé que querías más de lo que yo podía ofrecerte en aquellos momentos. Estoy dispuesto a hacerlo ahora. Pero no veo por qué tenemos que hablar del pasado.

–Si no lo hacemos ahora, ¿cuándo? –preguntó ella–. ¿O esperabas que ya no me importara y pudiéramos continuar adelante?

–Se te da bien buscar culpables, Catherine. Y yo estoy siendo todo lo sincero que puedo ser. Lo estropeé todo. Cometí errores. Pero si vamos a rebuscar en el estiércol, entonces, tú también tendrás que ser sincera.

–¿Qué quieres decir?

–Que estaré dispuesto a continuar con esta conversación cuando dejes de mentir y me cuentes lo que sucedió en realidad. ¿Por qué me dejaste?

–No sé de qué…

–Mentira. Ya basta, ¿quieres?

Gabe respiró hondo para tratar de recuperar el control. Por algún motivo, posó la mirada sobre la mesilla y vio que había un teléfono móvil que no era el suyo. Entonces, comprendió cómo había llegado hasta allí. Catherine no había ocupado la habitación del final del pasillo cuando llegó a casa, sino que había dejado las cosas en su dormitorio. Él podía imaginar cuándo y por qué había cambiado de habitación. Se acercó a la mesilla, agarró el teléfono y se lo tiró.

–Llama a tu socia –le ordenó–. Dile que se reúna con nosotros en Piretti's dentro de una hora.

–¿Perdón? Estábamos en medio de una…

–¿De una pelea? –la miró.

–De una discusión.

–Pues la vamos a olvidar hasta que seas sincera. Hasta entonces, queda aplazada.

–Así, ¿sin más? –preguntó ella con indignación. Él inclinó la cabeza.

–Así, sin más –cambió de tema–. Anoche vi el estado de tus cuentas. Y ayer, cuando regresé a la oficina, eché un vistazo a los documentos que me habías dado. ¿Me dijiste que tu socia se encarga de los libros de contabilidad?

–Sí, pero…

–Entonces, quiero conocerla. Ahora –al ver que ella se disponía a replicar, él la interrumpió–. Viniste a pedirme ayuda –le recordó–. Así es como puedo ayudarte.

–Muy bien. La llamaré.

–Voy a ducharme. Puedes acompañarme, si quieres.

–En otra ocasión, quizá.

Él sonrió.

–Te tomo la palabra –se dirigió hacia el baño y se detuvo un instante–. Respecto a la ruptura de nuestra relación... No tuvo nada que ver con el trabajo ni con los hijos, Catherine. Ocurría algo más. Todavía no sé qué es, pero lo averiguaré. Y cuando lo haga, haremos algo más que ponerlo sobre la mesa. Vamos a solucionarlo de una vez por todas.

Capítulo Seis

El trayecto hasta Piretti's lo hicieron en silencio. Catherine estaba un poco más pálida de lo que a él le hubiera gustado, y no estaba seguro de si era a causa de la reunión que iban a tener con su socia o de la discusión que habían tenido. Quizá un poco de todo.

Roxanne estaba en su escritorio cuando llegaron y él se percató de la mirada que intercambiaron ambas mujeres. «Se está gestando otro problema. Tendré que ver cómo puedo solucionarlo», pensó él.

Nada más entrar en el despacho, sonó el teléfono móvil de Catherine.

—Disculpa un momento —murmuró ella. Contestó la llamada y escuchó atentamente con cara de preocupación—. Gracias. Yo me ocupo de todo.

—¿Algún problema? —preguntó él cuando Catherine terminó de hablar.

—Había organizado la boda de los Collington para dentro de una semana. Acaba de llamarme la novia para cancelar nuestros servicios.

—¿A estas alturas?

—Es evidente que ha oído lo que sucedió en la fiesta de Marconi y que le ha entrado el pánico.

Di… Mi socia ha conseguido que acepte encontrarse conmigo a la hora de comer.

–Iré contigo.

–Normalmente sería capaz de ocuparme de todo. A estas alturas las novias están como locas. Estoy acostumbrada.

–Pero intentar tranquilizarla después de todo lo que sucedió en la fiesta de Natalie…

–Afortunadamente, tengo un as en la manga –sonrió ella–. A ti. Siempre has tenido la capacidad de calmar a la gente.

–Haré lo que pueda –miró el reloj–. Tu socia llega tarde.

–A lo mejor hay mucho tráfico.

–¿Estás segura de que va a venir?

–Estaba en la ciudad cuando me ha llamado.

Justo en ese momento, se oyeron voces al otro lado de la puerta. Una de ellas era la de Roxanne, enfadada. Gabe hizo una mueca. Su secretaria no tenía un buen día. La otra voz era la de una mujer que conocía hacía treinta y tres años. Se abrió la puerta del despacho y su madre se detuvo en el umbral.

–Conozco muy bien el camino hasta el despacho de mi hijo, Roxy –le dijo a la secretaria de Gabe.

–Me llamo Roxanne.

–Bueno, a lo mejor cuando lleves un tiempo trabajando aquí, conseguiré acordarme de tu nombre.

–Gabe tiene una reunión ahora, señora Piretti. Y para que le quede claro, llevo tres años trabajando aquí, y estoy segura de que lo sabe muy bien.

–Huy… Habría jurado que eras una de esas empleadas temporales –dijo Dina, y le cerró la puerta en las narices. Se volvió y puso una amplia sonrisa–. Gabriel, Catherine. Me alegro mucho de veros juntos otra vez. Dejadme que disfrute un momento de esta imagen.

–Lo siento, mamá, pero Roxanne tenía razón. Estamos esperando a la socia de Catherine porque tenemos una reunión… –se calló nada más comprender lo que pasaba–. No. Oh, no. No serás… No puedes ser…

Dina le tendió la mano.

–Dina Piretti, copropietaria de Elegant Events. Es un detalle que vayas a ayudarnos con nuestra crisis financiera.

La reunión no duró demasiado. En cuanto Dina salió del despacho, Gabe se volvió hacia Catherine.

–¿Mi madre? ¿Me dejaste y te fuiste a montar un negocio con mi madre?

–De veras, Gabe, no sé qué tiene que ver una cosa con la otra.

–No te das cuenta… –se pasó la mano por el cabello–. Deberías haber pensado que no me gustaría, teniendo en cuenta que las dos os habéis encargado de mantenerme al margen durante casi dos años. ¿Por qué, Cate?

Ella se llevó las manos a las caderas.

–¿Quieres algo lógico? Muy bien. Ahí tienes.

No quería verte. Si te hubieras enterado de que tenía un negocio con tu madre, no habrías sido capaz de mantenerte al margen. O peor aún, habrías tratado de intervenir, o… No sé, habrías intentado protegerla de mí y habrías impedido que creáramos el negocio juntas.

–Tienes razón, lo habría impedido –contestó él–. Pero no por el motivo que tú piensas. No es a mi madre a quien hubiera querido proteger, sino a ti.

–¿De qué estás hablando?

–Te dije que tuve que intervenir y hacerme con la dirección de Piretti's.

–Sí –él nunca le había dado detalles, aparte de contarle que había sido una de las épocas más difíciles de su vida, pero ella había sido capaz de leer entre líneas–. Después de que muriera tu padre.

–No exactamente. Después de que falleciera mi padre, mi madre se ocupó de todo.

–¿Y? Es estupenda.

–Sí, lo es. Lo que nunca te he contado es que consiguió llevar a Piretti's al borde de la bancarrota. Fue entonces cuando tuve que hacerme con el control.

–Tuviste que hacerte con el control…

–Sí, tuve que intervenir y hacer una OPA hostil. Muchas veces te has metido conmigo por mi apodo, pero nunca me has preguntado de dónde lo he sacado –bajó la cabeza y se frotó la nuca–. Bueno, pues lo saqué de ahí.

Catherine se acercó a él y le tocó el brazo.

–No puedo creer que hicieras tal cosa, a menos que fuera absolutamente necesario. ¿Qué pasó, Gabe? ¿Por qué te viste obligado a hacerlo?

–Catherine –pronunció su nombre mirándola a los ojos–. Muestras tanta fe en mí... Ni una sola duda. ¿Cómo puedes pensar que lo nuestro es algo temporal?

–Te conozco –susurró ella–. Sé qué clase de hombre eres.

–Soy duro y despiadado.

–Cierto.

–Me dedico a destrozar empresas.

–Y a reconstruirlas.

Él esbozó una sonrisa.

–O a convertirlas en parte de Piretti's.

–Bueno, principalmente eres un hombre de negocios –dijo con pena–. Y por eso digo que nuestra relación es temporal. Porque Piretti's no es solo el lugar donde trabajas. Es lo que tú eres.

–No he tenido más elección. Tuve que quitarle el negocio a mi madre.

Catherine lo guio hasta el sofá y se sentó a su lado.

–Explícamelo –le dijo.

—Tienes razón en una cosa. Mi madre es una brillante mujer de negocios. En lo que se refiere a contabilidad y contratos, no hay nadie mejor que ella.

–¿Pero…?

–Pero es demasiado buena.

–Sí, yo también odio esa parte de ella –bromeó Catherine–. Su buen corazón hace que la gente se aproveche de ella. Y eso hicieron.

Él asintió.

–Después de que falleciera mi padre, ella comenzó a contratar a amigos y familiares en Piretti's. El nepotismo empezó a estar a la orden del día.

–Probablemente le sentaba bien tener a su alrededor a sus seres queridos –dijo Catherine, tratando de ponerse en el lugar de Dina.

Él comenzó a decir algo, pero se calló y frunció el ceño.

–Ah, nunca había pensado en esa posibilidad, pero puede que tengas razón.

–Tengo razón. Dina me lo contó una tarde –Catherine le dio la mano y entrelazó los dedos con los de Gabe. Necesitaba tocarlo, y sospechaba que él también agradecería el contacto físico–. Creo que fue en el quinto aniversario de la muerte de tu padre. Ella tenía una noche difícil y hablamos de un montón de cosas. Fue una de las pocas veces que mencionó Piretti's.

–La destrocé al quitarle el negocio de las manos –sus palabras denotaban sufrimiento–. Lo hice yo. Se lo hice a mi propia madre.

–¿Sus familiares y amigos eran incompetentes? –preguntó Catherine con preocupación.

–En absoluto. Pero se aprovecharon de ella. Mi madre les pagaba buenos salarios por un trabajo que no cumplían. Iban unas horas y luego se marchaban. Eso obligó a mi madre a contratar más gente para sacar adelante el trabajo que los demás no hacían.

–Lo que explica por qué te niegas a mezclar el trabajo con el placer. ¿No podías haber intervenido?

–Sí, si me hubiera dejado. Pero tenía que tener en cuenta a la junta directiva.

–Deja que lo adivine. La junta directiva estaba formada por aquellos que se aprovechaban de ella. Y no estaban dispuestos a que tú intervinieras.

–Eso es.

–Así que la única solución fue que Gabe, el pirata Piretti, le quitara la empresa.

–Hice una buena limpieza. Empezando por mi madre y continuando a partir de ahí.

–¿Cómo se lo tomó Dina cuando te hiciste con la empresa?

–Se puso furiosa. Ni siquiera me hablaba. Así que la secuestré.

–¿Cómo? ¿Qué hiciste?

–La metí en mi coche a la fuerza y la llevé a un balneario, donde la obligué a que hiciera frente a la situación. Por supuesto, los masajes diarios y los *mai tais* con mucho ron, no le sentaron mal. Le llevé los libros de contabilidad y la obligué a verlos detenidamente para que se diera cuenta del problema –miró a Catherine con frialdad–. Había pensado emplear el mismo método contigo para conseguir que comprendieras el fondo de algunos de nuestros problemas.

Ella le soltó la mano y se puso en pie.

—No habría funcionado.

—Ya está ese secreto otra vez, interponiéndose entre nosotros —se puso en pie también—. ¿Cuántos *mai tais* harán falta para que me lo cuentes, Catherine?

Ella negó con la cabeza.

—No hay nada que contar. Ya te lo dije. Tu idea de matrimonio y lo que esperas de él no tiene nada que ver con mis deseos y necesidades.

—¿Sabes cuál es una de las cosas que me hace ser tan buen pirata? —no esperó a que respondiera—. Se me da muy bien leerle el pensamiento a la gente.

—No a todo el mundo —dijo ella, y dio un paso atrás.

—Te sorprenderías. Por ejemplo, solo me hace falta mirarte para saber que estás mintiendo. Me ocultas algo, y por mucho que lo niegues no vas a convencerme de lo contrario.

—Qué lástima. Tendrás que aprender a vivir con ello.

—Por ejemplo… —la acorraló contra uno de los ventanales—. Sé que siempre has deseado tener hijos. Me lo dijiste tú misma.

—Hace mucho tiempo. En otra vida. Pero he cambiado desde entonces. Mis deseos y necesidades han cambiado también —forzó una carcajada—. Me parece ridículo tener que explicártelo a ti, el

86

que da prioridad al trabajo antes que a todo lo demás. ¿Por qué es aceptable para ti y no para mí?

–Porque no es cierto.

Gabe se apoyó en ella. Incluso a pesar de la ropa, ella pudo sentir el calor de su cuerpo y su potente masculinidad. Él le acarició el vientre y Catherine se estremeció. Una oleada de calor se apoderó de ella, robándole el juicio y la sensatez.

–¿Me estás diciendo que no quieres tener hijos? ¿Ni siquiera uno?

–No, ni siquiera uno –mintió ella.

Él esbozó una sonrisa, indicándole que no se creía ni una palabra. Agachó la cabeza y la besó en el cuello, justo debajo del lóbulo de la oreja.

–¿No quieres dar a luz? ¿No quieres ver cómo crece una criatura en tu interior? ¿Sentir el latido de una nueva vida? ¿Cantarle y hablarle mientras crece?

«Cállate, por favor», pensó ella.

–Eso es lo que tú quieres, ¿no es así?

–Más de lo que nunca podrás imaginarte.

Catherine respiró hondo y lo miró a los ojos. Tuvo que contenerse para no reaccionar ante la cálida mirada de sus ojos azules.

–Entonces, te sugiero que empieces a buscar a alguien que pueda dártelo. Porque no voy a ser yo –colocó las manos sobre su torso y lo separó un poco–. Mírame, Gabe. Mírame y dime que te estoy mintiendo. No voy a darte un hijo. Nunca. ¿Te ha quedado claro?

Él retiró la mano de su vientre y dio un paso atrás.

–Has sido bastante clara –dijo con tensión en la voz–. Y sincera.

–Gracias por reconocerlo –se recolocó la blusa y se alisó la falda–. Y gracias por admitir todo lo que me has dicho.

En ese momento, sonó el teléfono. Gabe se acercó para contestar.

–Pásamelo –dijo al cabo de un instante. Después cubrió el auricular–. Lo siento, pero he de atender esta llamada.

–Por supuesto. Te esperaré en el recibidor.

Gabe la detuvo justo cuando llegaba a la puerta.

–¿Catherine? Si crees que nuestra conversación ha hecho que cambie de idea acerca de nuestra relación, te equivocas.

Ella lo miró por encima del hombro.

–¿Por qué? ¿Porque crees que en un futuro voy a cambiar de opinión? –se dio cuenta de que eso era exactamente lo que pensaba–. Deja que te lo aclare y así nos ahorraremos tiempo y sufrimiento. No lo haré.

Y tras esas palabras, salió del despacho.

Nada más cerrar la puerta, Catherine respiró hondo. Había llegado el momento de enfrentarse a Roxanne. O bien llegaban a un acuerdo en ese mismo momento o Catherine pasaría a actuar. Pero nunca volvería a permitir que aquella mujer provocara estragos en su negocio o le creara problemas en su vida.

Se detuvo frente a la mesa de Roxanne y dijo:

–Escondiéndote tras la pantalla del ordenador no conseguirás que me vaya. Solo me confirma que tienes miedo de mirarme a los ojos –resultó ser la táctica perfecta, puesto que Roxanne levantó la vista y la miró–. Tú y yo tenemos cosas que aclarar.

–Eres tú la que tiene que aclarar cosas. Yo…

–No me interesa lo que tienes que decir –la interrumpió Catherine–. Es hora de que me escuches. ¿O quizá deberíamos tener esta conversación en el despacho de Gabe?

–¿Para hablar de qué? –preguntó ella–. ¿De tus ridículas quejas acerca de su secretaria favorita? Es demasiado sensato como para creérselas.

–Precisamente porque es tan sensato se las creerá –gesticuló hacia el despacho de Gabe–. ¿Quieres que averigüemos quién de las dos tiene razón? –no se sorprendió de que Roxanne no aceptara la propuesta.

–¿Qué quieres conseguir amenazándome? –le preguntó ella–. No tienes ni idea de con quién estás hablando.

Catherine apoyó las manos sobre el escritorio y se inclinó hacia Roxanne.

–Sé precisamente con quién estoy hablando y, cariño, supe quién eras desde el primer día. Ahora cierra el pico y escucha atentamente, porque solo voy a decírtelo una vez. Si interfieres en mi negocio una vez más, me aseguraré de destrozar tu carrera profesional. Y me ocuparé de que tu vida se convierta en un infierno.

–No tienes tanto poder –dijo Roxanne.

–Mírame.

La secretaria de Gabe se apoyó en el respaldo de la silla y se cruzó de brazos con una sonrisa.

–¿Tiene esto que ver con tu desastre en la fiesta de Marconi?

–No, tiene que ver con tu desastre en la fiesta de Marconi. Concretamente, con las motoras que tantas ganas tenías de que yo viera llegar.

–No puedes demostrar que yo tuviera algo que ver con eso.

–¿No puedo? –Catherine metió la mano en el bolso y sacó el teléfono móvil. Apretó un botón y le sacó una foto a Roxanne. Después, apretó otro botón para enviar la foto a su correo electrónico.

Roxanne se sentó derecha.

–¿Qué diablos acabas de hacer?

–Me he enviado tu foto. Cuando llegue a casa, la imprimiré y se la entregaré al jefe de la Policía Marina. Tienen a unos chicos muy arrepentidos que están dispuestos a identificar a la persona que los invitó a la fiesta de los Marconi y los animó a hacer una entrada triunfal. Sí, así fue como lo llamaron –al ver que Roxanne se ponía pálida, Catherine sonrió–. ¿No tienes nada que decir? ¡Qué extraño!

Roxanne tardó unos segundos en recuperarse.

–¿Y qué si yo los invité? Es su palabra contra la mía.

–Me aseguraré de que se lo expliques a Natalie Marconi. Después de que se lo hayas explicado a Gabe, por supuesto. Dudo que cualquiera de los dos sea muy comprensivo, teniendo en cuenta el daño que causaron.

–No te creerán.

–Oh, creo que sí lo harán. Y cuando Natalie se entere de que tú estabas detrás del accidente náutico, no creo que me cueste mucho convencerla de que pregunte a ver si alguno de sus invitados vio a alguien con un llamativo vestido rojo merodeando en las cercanías del riego automático. Estoy segura de que alguien te vio. Eso es lo que pasa cuando uno se esfuerza en ser el centro de atención. A veces lo consigue cuando preferiría no hacerlo –hizo una pausa–. Esto es lo que tenía que decirte. Mantente alejada de mi negocio. Y lo más importante, mantente alejada de mi chico y deja de programarle reuniones que interfieran en nuestra vida en común.

–¿Os estropeé vuestra primera noche juntos? –dijo con burla–. ¡Qué lástima!

–Gabe lo ha compensado esta mañana –su comentario hizo que Roxanne dejara de sonreír–. Te doy una semana para convencer a Natalie de que Elegant Events no tuvo nada que ver con lo sucedido la otra noche. Tienes siete días para convencerla de que no fui yo quien saboteó la fiesta.

–¿Has perdido la cabeza? ¿Cómo esperas que haga tal cosa?

–Ni lo sé ni me importa. Siempre se te ha dado bien inventarte historias. Busca la manera.

–¿Y si ignoro tu petición?

–No es una petición. Dentro de una semana, actuaré. Empezaré por el jefe de policía, y terminaré con un abogado. Y entretanto, quizá cuando esté en la cama con Gabe, cuestionaré en voz alta si eres la persona adecuada para representar a Piretti's.

–Y si hago lo que pides… ¿Qué ocurrirá?

–Tendrás dos opciones. La primera: te comportas y acatas las normas. Por ejemplo, el próximo fin de semana tengo un evento, suponiendo que Gabe y yo consigamos que sigan adelante con el contrato. No interferirás en el evento de ninguna manera. Y si algo sale mal, aunque sea el más mínimo detalle, lo achacaré a ti. No me importa si ese día le da por llover, también será culpa tuya. Lo prometo, si algo sale mal, será tu responsabilidad.

Solo con mirar a Roxanne supo que ella había planeado hacer algo. Catherine solo podía imaginar cuál era su plan.

–Has dicho que tendría dos opciones –dijo ella–. ¿Cuál es la segunda?

–Puedes recoger tus cosas y buscarte un nuevo jefe.

–No puedes despedirme. Solo Gabe puede hacerlo.

Catherine sonrió.

–Esa es mi parte preferida de nuestro problema, porque tienes razón. Yo no tengo capacidad de hacerlo. Así que pensé cuál era la manera de conseguirlo. Y ya sabes que los hombres siempre tienen muchos problemas para decidir cuál es el regalo perfecto para su prometida –no era que Gabe le hubiera propuesto matrimonio, pero eso Roxanne no lo sabía–. Por suerte para Gabe, ahora sé exactamente lo que quiero. Y te garantizo que me complacerá.

–¡Zorra!

–Tienes razón. Se acabó lo de jugar limpio. Y en caso de que tengas alguna duda, te aseguro que los beneficios de actuar como una zorra cada vez son más. Si tratas de causarme más problemas cuando te marches de Piretti's, te aseguro que buscaré un abogado. ¿Ves lo sencillo que es?

–Esto no ha terminado, tú… –se calló, y Catherine se sorprendió al ver que tenía los ojos llenos de lágrimas–. Oh, Gabe. Siento que tengas que vernos así.

Él estaba en la puerta, mirando a una y a otra.

–¿Algún problema?

–Todavía no –dijo Catherine.

Fulminó a Roxanne con la mirada y le mostró el teléfono a modo de advertencia. Después lo guardó en el bolso. Satisfecha por haber llegado a un acuerdo, Catherine se volvió y sonrió a Gabe.

–Ningún problema –le aseguró–. Roxanne y yo tratábamos de solucionar un par de cosas.

Él se cruzó de brazos.

–Eso explica que tenga los ojos llenos de lágrimas.

–Exacto –dijo ella–. Lágrimas de alegría. Ambas estábamos emocionadas.

–Ajá. Ya entiendo –dijo Gabe–. Roxanne, ¿tienes algo que añadir?

Su secretaria apretó los dientes con frustración y puso una gélida sonrisa.

–Nada. Al menos, no de momento.

–Excelente –inclinó la cabeza hacia los ascensores–. ¿Estás lista, Catherine?

–Más que nunca.

–Entonces, vamos antes de que provoques más lágrimas de alegría.

Capítulo Siete

Catherine le explicó a Gabe cómo llegar al café donde había quedado con la novia. Annie Collington, una pelirroja con la nariz llena de pecas, parecía tensa y descontenta.

Cuando le presentó a Gabe, Annie sonrió con poco entusiasmo.

–Por supuesto que sé quién eres. Tu foto aparece en todas las páginas de sociedad de la sección de economía de las revistas del corazón.

–Yo no creería nada de esas revistas.

Ella miró a Catherine y dejó de sonreír.

–¿De veras tenemos que hacer esto? –preguntó–. Te he despedido, y con eso termina todo. Nada de lo que digas hará que cambie de opinión.

Antes de que Catherine pudiera contestar, Gabe intervino con delicadeza.

–¿Por qué no nos tomamos un café y algo de comer y buscamos la mejor manera de solucionar esto?

–Por favor, Annie –dijo Catherine–. Faltan ocho días para tu boda. Todo está maravillosamente planificado. No querrás tomar decisiones precipitadas que puedan estropearlo todo.

–Eso es precisamente lo que trato de prevenir –insistió Annie–. He oído lo que pasó en la fiesta de Marconi. Fue un desastre. No puedo permitir que pase eso en nuestra boda.

–Y no pasará –le aseguró Gabe, mientras las guiaba hasta una mesa y pedía café y una selección de sándwiches–. ¿Puedo hacerte una propuesta que quizá te ayude a tomar una decisión? –le preguntó a Annie.

–Gabe… –comenzó a decir Catherine.

–No, está bien –la interrumpió Annie–. Puede intentarlo.

Catherine permaneció en silencio. Después de todo, Gabe solo trataba de ayudar, aunque ella sintiera que había tomado la voz cantante en la reunión.

–¿Qué te parece esto, Annie? –dijo Gabe–. Si aceptas que Catherine y Elegant Events continúen organizando tu boda, yo te garantizo personalmente que tu boda va a celebrarse sin ningún problema.

–No puedes hacer eso –protestó Catherine al instante.

–¿Puedes hacerlo? –preguntó Annie al mismo tiempo.

–Claro que puedo.

La camarera les dejó una bandeja con café sobre la mesa. Gabe sonrió e hizo un gesto para indicar que lo serviría él.

–Veamos qué te parece mi oferta –continuó hablando mientras le entregaba a Annie una taza–. Si no quedas satisfecha con tu boda al cien por cien, me encargaré personalmente de devolverte cada céntimo.

–Eso no garantiza que todo vaya a salir bien –comentó Annie.

–Cierto –admitió Gabe.

Catherine lo miró en silencio. No necesitaba que nadie garantizara su capacidad para que la boda se celebrara a la perfección. Ella era muy competente y conocía muy bien el negocio. Sin embargo, con una simple oferta, él había hecho que Elegant Events pareciera un negocio que estaba empezando y que necesitaba el respaldo de un importante hombre de negocios.

–Puede que no sea capaz de garantizarte que nada vaya a salir mal si sigues adelante con el contrato pero, Annie, puedo garantizarte una cosa, tu boda será un completo desastre si decides continuar por tu cuenta a falta de tan pocos días. Solo conseguirás crearte problemas si tratas de ser la novia y la coordinadora al mismo tiempo.

Annie se mordisqueó el labio inferior.

–Puedo conseguirlo.

–¿Tú crees? Entonces, te sugiero que tengas esto en cuenta… Después de lo que sucedió con la fiesta de los Marconi, Catherine está dispuesta a asegurarse de que tu boda salga a la perfección, aunque solo sea para demostrar que es cierta su fama de ofrecer servicios de calidad.

Catherine fulminó a Gabe con la mirada y comentó:

—No puedo darte detalles de lo que sucedió. Pero quiero asegurarte que todo lo que pasó no fue resultado de nada que yo hiciera mal, sino que la mayor parte fue resultado de los actos de un desaprensivo o desaprensiva que quería divertirse poniendo en marcha los aspersores. Aparte de eso, hubo unas cuantas lanchas motoras que estropearon la fiesta. Sé que los días antes de la boda son muy estresantes. Y no dudo que te sientas presionada.

—Mi madre insiste en que cancele el contrato —admitió Annie—. Y puesto que ella es la que va a pagar...

—Si quieres que hable con ella para calmar sus preocupaciones, lo haré.

Annie se quedó pensativa un instante.

—No, no será necesario. Mi madre y yo llegamos al acuerdo de que era mi boda y que, por tanto, yo tomaría las decisiones —sonrió—. Ella solo pagará por ellas.

Catherine respondió con una sonrisa.

—En ese caso, espero que decidas continuar con nosotros —la miró a los ojos confiando en que la joven se percatara de que hablaba con sinceridad—. Prometo que haré todo lo posible para que vaya todo bien.

—Pero lo que Gabe me ha garantizado continúa en pie, ¿verdad?

Catherine apretó los dientes.

–Por supuesto –dijo sin más.

–En ese caso… –puso una amplia sonrisa–. De acuerdo.

–Entonces, está arreglado. ¿Podemos continuar?

–Está arreglado. Continuaréis siendo los organizadores de mi boda –miró a Gabe con picardía–. Aunque he de admitir que casi deseo que algo vaya mal para que me devuelvas el dinero.

–Veré qué puedo hacer para sabotear algo –bromeó, inclinándose hacia delante–. Algo que no cause muchos problemas, pero los suficientes para que no tengas que pagar.

Annie se rio.

–No, no lo hagas. Solo serviría para que me sintiera culpable. Si podéis aseguraros de que todo salga bien, me conformo.

–Gabe no tendrá que preocuparse por ello –dijo Catherine–. Es mi trabajo –miró a Gabe un instante–. Y es un trabajo que desempeño muy bien.

La comida pasó muy deprisa, aunque Catherine salió del café sin saber qué habían comido o de qué habían hablado. Por un lado, estaba agradecida de que Gabe la hubiera ayudado, y por otro, se sentía furiosa.

–Adelante –dijo él en el momento en que se despidieron de Annie y se dirigieron hacia el Jaguar–. ¿Qué es lo que te reconcome por dentro?

–Sé que estás acostumbrado a estar al mando de todo, pero te agradecería que recordaras que este es mi negocio.

Él se detuvo junto a la puerta del acompañante con la llave en la mano.

–¿Te ha molestado que me ofreciera a garantizar que todo saldrá bien? –preguntó ofendido.

–Para ser sincera, sí. Me siento como una jovencita que va a comprar su primer coche y necesita que su padre le avale el crédito.

–Quizá ayudaría si lo miraras desde otra perspectiva.

Ella se cruzó de brazos.

–¿Qué otra perspectiva?

–Soy un hombre de negocios. Perder dinero va en contra de mis principios.

–Entonces será mejor que confíes en que todo va a salir bien, porque si no, tendrás que pagar… –hizo el cálculo mentalmente y le dijo la cifra total–. Las bodas no son baratas –añadió al ver la cara que ponía–. Y menos las que yo organizo.

–¿Y por qué no se compran una casa? –preguntó él–. Les duraría más tiempo y algún día podrían sacarle dinero.

–Afortunadamente para Elegant Events, eso no se les ocurre a muchas parejas.

–Lo que quiero decir es que el hecho de que me haya ofrecido a garantizar el éxito del evento demuestra la confianza que tengo en ti y en Elegant Events. No respaldo a perdedores, y no tengo intención de pagar la boda de Annie. No tendré que hacerlo, porque te conozco. Sé que harás un trabajo estupendo.

Catherine abrió la boca para contestar, pero decidió no hacerlo.

–Ah.

Gabe se acercó a ella y la acorraló contra el coche.

–Confío en ti, cariño. No tengo ninguna duda de que la boda del sábado se convertirá en un sueño hecho realidad para Annie. Y creo que todo será gracias a ti.

–¿De veras lo crees? –preguntó ella.

Gabe la miró fijamente.

–Siempre he creído en ti, y uno de estos días vas a permitir que te lo demuestre.

Catherine apenas tuvo tiempo de asimilar sus palabras antes de que él inclinara la cabeza y la besara, con tanta ternura que se le llenaron los ojos de lágrimas. Él creía en ella y había tratado de demostrárselo. ¿Y qué le había dado ella a cambio? Dudas. Desconfianza. Secretos. Quizá había llegado el momento de confiar en él.

Y con esa idea en la cabeza, se rindió ante su abrazo y decidió abrirse ante las muy diversas posibilidades.

Y ante uno de sus sueños más importantes.

La semana siguiente pasó muy deprisa. Catherine dedicó toda su energía a organizar la boda de Annie y revisó cada detalle dos o tres veces. Imaginó todos los posibles problemas que podrían surgir a última hora, consciente de que el más mínimo fallo se convertiría en una catástrofe.

La madre de Annie no hacía más que llamarla para preguntarle y exigirle, cuando no era una cosa, la otra, y Gabe se percató de que Catherine solucionaba con calma cada problema y cada queja, comportándose siempre con educación y de forma tranquilizadora.

—Vas a terminar agotada —le dijo él a finales de semana mientras le masajeaba el cuello—. No es bueno que se note que estás agotada, y la mejor manera de evitarlo es durmiendo un poco.

Catherine asintió.

—Tienes razón. Me acostaré enseguida. Solo quiero revisar el croquis de las mesas una vez más.

Sin decir palabra, él la tomó en brazos e, ignorando sus protestas, la llevó a la habitación.

—El croquis estará ahí mañana por la mañana, igual que el menú, el encargo de las flores y el recuento final de invitados. Esta noche no puedes hacer nada más, aparte de preocuparte.

—No me preocupo —replicó ella—. Organizo.

—Cariño, sé lo que es organizar. Eso no lo era. Eso era preocuparte.

—Tienes razón, tienes razón. Me preocupo demasiado. No puedo evitarlo.

—Para eso estoy yo aquí.

Dejó a Catherine sobre la cama, la desnudó y le puso el camisón. Después, la cubrió con la colcha. Cuando, diez segundos más tarde, se acostó a su lado, ella ya se había quedado dormida. La abrazó y se quedó dormido a su lado.

Durante el resto de la semana, Gabe se ocupó de que Catherine comiera y durmiera lo suficiente. Ella le permitió que la cuidara, provocando que Gabe no perdiera la esperanza de recuperar su relación con ella.

El viernes por la mañana, el día anterior a la boda, Catherine estaba bastante nerviosa.

–¿Puedo hacer algo por ti? –preguntó Gabe durante el desayuno.

Ella negó con la cabeza.

–Tengo que hacer bastante papeleo y logística esta mañana.

–Ambos sabemos que todo está en orden.

Ella esbozó una sonrisa.

–Cierto, pero voy a revisarlo de todas maneras. Al final de la mañana iré a Milano's y concretaré los detalles para la boda de mañana. Joe es estupendo en su trabajo, así que estoy segura de que todo será perfecto, pero…

–Te sentirás mejor si te aseguras de ello –asintió Gabe–. ¿Y qué hay del ensayo de la cena que tienes esta noche?

–Eso es responsabilidad de la familia del novio, afortunadamente. Cuando termine el ensayo, vendré a casa. Me gustaría acostarme temprano. Tendré que hacer algunas llamadas de última hora para confirmar que todo el mundo sabe a qué hora tienen que estar mañana.

Gabe le agarró la mano.

–Nadie se atreverá a llegar tarde.

–Tienes razón –sonrió con sinceridad–. No tiene sentido jugar con una mujer que está al borde de un ataque de nervios.

–¿Tan mal estás?

–En realidad, no –confesó ella–. Estoy casi segura de que todo va a salir bien.

–Mañana me gustaría acompañarte a la boda, Cate.

Ella lo miró asombrada.

–Estaré trabajando.

–Lo sé. Pero me gustaría estar allí para ofrecerte apoyo moral, y para echarte una mano si surgiera algún problema.

Catherine frunció el ceño.

–La gente pensará que no puedo ocuparme de mi negocio –dijo al fin.

–Pasaré inadvertido.

–Ya –dijo ella–, como si nadie fuera a reconocer a Gabe, el pirata Piretti.

–Puede que mi presencia mantenga a raya a la madre de Annie.

–Yo me ocuparé de Beth –dijo ella.

–No lo dudo. Pero quizá se lo piense dos veces a la hora de quejarse por un problemilla insignificante.

Catherine palideció.

–No habrá problemillas insignificantes.

–Eso es lo que quería decir –le aseguró–. Yo me ocuparé de eso.

–Está bien –dijo ella con una sonrisa–. Estarás por ahí y tratarás de pasar desapercibido.

–Comprendido. Soy bueno pasando desapercibido.

Catherine negó con la cabeza.

–Buen intento, pero no podrías pasar desapercibido aunque tu vida dependiera de ello.

–Vaya, gracias, cariño –le besó la mano.

–No hace falta que vengas, Gabe. No necesitaré ayuda.

–Tienes razón, no la necesitarás. Pero quiero estar ahí, contigo.

–Está bien. Por esta vez puedes venir.

–Te lo agradezco –se retiró de la mesa, se inclinó y la besó en la boca con suavidad–. Me voy a trabajar. Si necesitas algo, llámame al móvil.

Ella lo llamó antes de que saliera.

–¿Gabe?

Cuando se volvió, le sonrió de tal forma que él sintió un nudo en el estómago.

–Gracias.

El día de la boda de Annie hizo un tiempo maravilloso. Todo el mundo llegó puntual. Y todo salió redondo.

Catherine se tranquilizó nada más entrar en la

iglesia. Por supuesto, ocurrieron problemas técnicos de última hora. Alguien dejó el ramo de la novia en la habitación equivocada, provocando un instante de pánico, y una de las damas de honor se enganchó el vestido con el tacón y tuvieron que cosérselo en el último momento. Pero aparte de eso, todo lo demás transcurrió sin dificultades y según lo previsto.

Cuando comenzó la ceremonia, Catherine tuvo un momento de descanso y esperó en el vestíbulo con Gabe, observando cómo pronunciaban los votos de compromiso. Siempre se emocionaba al oírlos y esa vez sucedió lo mismo.

–Nunca llegamos a este punto, ¿verdad? –dijo Gabe en voz baja.

Había sido un día largo. Y una semana agotadora. Quizá, por eso la pregunta le afectó tanto:

–No –susurró ella–. Nunca.

–Y nunca llegaremos –dijo él–. No de la manera que vamos. Para que una pareja pueda casarse, han de confiar el uno en el otro. Y nosotros no lo hacemos.

Catherine trató de controlar el temblor de su voz.

–Lo sé.

–Tenemos dos opciones, cariño. Podemos separarnos ahora. Así no habrá ni sufrimientos ni problemas –hizo una breve pausa–. O podemos hacer lo que debimos haber hecho hace dos años. Luchar por ello.

–A mí me cuesta confiar –admitió ella–. He pasado dos años construyendo una muralla a mi alrededor.

–Hay maneras de traspasar las murallas. Grietas por las que colarse. Si nuestra relación no funciona, siempre podrás cerrar esas grietas otra vez.

–Cierto.

–¿Estás dispuesta a probar, Cate? –la sujetó por los hombros y la volvió para que lo mirara–. ¿Harás un intento sincero?

Ella deseaba hacerlo.

–Me gustaría. Pero hay cosas que…

–Soy muy consciente de ello. No te pido que me lo expliques, hasta que estés preparada.

Catherine esbozó una sonrisa.

–Te conozco, Gabe. Lo que quieres decir es que puedo explicártelo cuando esté preparada, pero quieres que esté preparada cuanto antes. ¿No es eso?

Él se encogió de hombros.

–No podemos resolver nuestras diferencias hasta que yo no sepa cuál es el problema.

–¿Te importa darme un poco más de tiempo? Necesito estar convencida de que podemos solucionar nuestros problemas anteriores antes de dar paso a los nuevos. Tengo que estar segura de que es real.

–Es real. Pero si lo que necesitas es tiempo, te lo daré. Por ahora –le tendió la mano–. ¿Debemos hacerlo de manera oficial?

–Trato hecho, señor Piretti.

Catherine le estrechó la mano y no se sorprendió cuando él tiró de ella. Permitió que la abrazara y que la besara para sellar el trato. La delicadeza de su beso era como una promesa, una promesa que ella deseaba creer y que le indicaba que podía contar con él para todo. Que podía contarle cualquier cosa, y que él la comprendería. Pero el beso contenía algo más: una fuerte pasión.

–Cate… –susurró él en tono de deseo–. ¿Cómo puedes negar esto? ¿Cómo puedes dudarlo?

–No lo niego –sería ridículo que lo hiciera, y más cuando él sentía cómo reaccionaba ante sus caricias–. Pero…

–No, Catherine. Nada de excusas –le sujetó el rostro y la miró fijamente–. Toma una decisión. Aquí y ahora. Danos una oportunidad.

Ella había pasado dos largos años tratando de superar su separación de Gabe, y para protegerse había cerrado esa puerta para no volver a abrirla jamás. Sin embargo, se veía obligada a enfrentarse a todo lo que había dejado atrás. Gabe no solo quería que abriera la puerta al pasado, sino que quería entrar de lleno y removerlo todo.

Catherine se estremeció. ¿Qué pasaría cuando él descubriera los secretos que ella guardaba? ¿Sería diferente u ocurriría un milagro? ¿Sería posible solucionar el pasado? ¿Dar prioridad a su relación antes que a sus trabajos? ¿O volverían a caer en los viejos errores?

Solo había una manera de descubrirlo. Catherine cerró los ojos, suspiró y se rindió ante el sueño que quería convertir en realidad.

–Está bien. Daré una oportunidad a nuestra relación.

Capítulo Ocho

Se había convertido casi en un ritual. El viaje en ascensor hasta la planta donde se encontraba el despacho de Gabe, el paseo hasta el escritorio de Roxanne, el cruce de miradas entre ambas mujeres y la bienvenida que la esperaba al otro lado de la puerta del despacho.

Sin embargo, esa vez Roxanne la detuvo un instante, dándole un inoportuno giro al ritual.

—¿Te ha llamado? —le preguntó con tensión.

—Si te refieres a Natalie, sí, me ha llamado.

—Con eso termina todo, ¿no?

—Eso depende de ti.

Catherine no esperó a que contestara, sino que llamó a la puerta de Gabe y entró en el despacho. Él estaba en su postura habitual, junto a los ventanales y hablando por teléfono. Era evidente que no la había oído llamar. Catherine estaba convencida de que nunca se cansaría de verlo así, en su elemento, al mando de lo que hacía.

Una oleada de melancolía la invadió por dentro. Él merecía mucho más de lo que ella podía ofrecerle. Estaba mal que se aprovechara de él. Permitirle que creyera que podrían forjar un futuro juntos.

Incluso sabiendo todo eso, ella no podía evitarlo. Él le había pedido que lo intentara, y ella pensaba hacerlo, porque sabía que nunca tendría que revelarle su secreto, porque su relación nunca llegaría tan lejos.

De pronto, Gabe volvió la cabeza y sonrió al verla. Así, sin más. Una sonrisa bastó para que ella se derritiera.

¿Qué tenía Gabe de especial? Su personalidad era una parte importante, pero no solo era eso. Su inteligencia la atraía, y su atractivo físico también. Su capacidad de provocar que ardiera de deseo con una simple caricia. Catherine cerró los ojos. Simplemente estar tan cerca de él bastaba para que el deseo se apoderara de ella.

–Te llamaré mañana –dijo él, antes de colgar–. ¿Qué pasa, Catherine? ¿Qué ocurre?

Ella se obligó a mirarlo y a aceptar que había cosas que no se podían cambiar.

–Nada –contestó ella–. Al contrario, todo va bien.

–¿Buenas noticias? Cuéntame. ¿Qué ha pasado?

–Natalie Marconi me ha llamado esta mañana. Parece que ha cambiado de opinión. Ha hablado con varias amigas sobre la situación y ha decidido que, a pesar de todo, Elegant Events hizo un trabajo estupendo y que todos los desastres que ocurrieron no pudieron evitarse.

Gabe frunció el ceño.

–Me parece un cambio de opinión muy drástico,

teniendo en cuenta cuál era su actitud el día después de la fiesta. ¿Sabes qué puede haberlo provocado, aparte del tiempo y las conversaciones?

Catherine cruzó el despacho y se acercó al minibar que estaba cerca del salón. Gabe se dirigió allí y le sirvió una copa de vino.

–Gracias –dijo tras beber un sorbo–. Por lo que he entendido, le han sugerido que alguien provocó los problemas a propósito para desacreditar a Elegant Events.

–Interesante. ¿Y por qué alguien haría tal cosa, según Natalie y sus amigas?

–Natalie opina que es uno de mis competidores. Al parecer, le habían advertido que no me contratara, pero ella decidió no escuchar el consejo. Cree que los incidentes fueron su castigo.

Gabe apoyó los puños en las caderas y negó con la cabeza.

–Esto no me gusta nada, Catherine. No me da buena sensación. Se me ocurren montones de maneras de hacerle la competencia a un negocio mucho más efectivas que arruinar la fiesta de un cliente. Se corren muchos riesgos provocando los incidentes que te ocurrieron a ti. Hay muchas posibilidades de atrapar al culpable. Muchos testigos que podrían señalarlo –negó de nuevo con la cabeza–. No. Ese tipo de represalia, suponiendo que sea una represalia y no una serie de accidentes, parece algo personal, y no relacionada con el negocio.

Por desgracia, tenía razón. Era algo personal. A Catherine no se le había ocurrido que Roxanne pudiera echar la culpa a otras empresas organizadoras de eventos. Todas eran inocentes, y si los rumores afectaban al negocio, ella tendría que encontrar la manera de solucionarlo. Y peor aún, tendría que asumir parte de la culpa, puesto que le había ordenado a Roxanne que solucionara el problema, sin ponerle condiciones acerca de cómo hacerlo.

–Vamos a dejarlo de momento, Catherine. Si Natalie está dispuesta a olvidar, a perdonar y, además, a recomendarte a otras personas, solo puede ayudarnos.

Ella lo miró con suspicacia.

–Te conozco, Gabe, y conozco esa expresión. Estás planeando algo. ¿El qué?

–No planeo nada –dijo él–. Pero sí pensaba fisgonear un poco. Si Natalie tiene razón y alguien está tratando de destruir tu negocio, quiero saberlo. Y si es algo personal, intentaré llegar hasta el fondo de todo. Como descubra que fue algo deliberado, me aseguraré de que paguen por ello.

–De acuerdo. Olvidemos esto por ahora y continuemos –miró el reloj y asintió con satisfacción. Eran las cinco en punto–. Hora de irse –anunció, acercándose a su lado.

–¿Irse? –preguntó Gabe confundido.

–Por supuesto. Es la hora de dejar lo que estés haciendo. Tenemos planes.

–Vaya, no lo sabía. Lo siento.

Gabe agarró su PDA y ella se la quitó de la mano para dejarla a un lado.

–No encontrarás la cita ahí.

–¿Qué estás tramando? –preguntó intrigado.

–Es una sorpresa. ¿Te interesa? –se dirigió hacia la puerta y le sonrió por encima del hombro–. ¿O prefieres trabajar?

Gabe llegó a la puerta antes que ella. La abrió y salió sin siquiera mirar a Roxanne.

–Se acabó por hoy –le dijo, antes de dirigirse al ascensor.

Resultó una tarde mágica. Caminaron por el paseo marítimo como si fueran una pareja de turistas. Visitaron las tiendas y los nuevos restaurantes.

Catherine no recordaba de qué habían estado hablando. De nada importante. Solo de las cosas románticas que hablan un hombre y una mujer cuando inician una relación. Las caricias. Las miradas que decían más que las palabras. El aroma del aire, combinado con el aroma del hombre que tenía a su lado. Ella sabía que todo formaba parte de la implicación afectiva, pero no podía evitarlo, a pesar de que no quería nada serio con Gabe.

Cuando llegaron a Milano's on the Sound, el nuevo restaurante de Joe, entraron a echar un vistazo. Él le había pedido que pasara por allí para ver si le podría interesar para celebrar alguno de sus eventos.

–¿Venimos por trabajo o por placer? –le preguntó Gabe.

–Por trabajo no –le aseguró ella–. Vendré otro día para verlo con más detenimiento –le agarró la mano–. Esta noche es para nosotros.

Una de las cosas que le encantaban de los restaurantes de Joe era que estaban diseñados pensando en las parejas de enamorados y ofrecían muchos espacios acogedores de gran privacidad.

El maître conocía a Catherine de los numerosos eventos que había organizado en el restaurante Milano's del centro de la ciudad y, evidentemente, reconocía a Gabe. Saludó a ambos por su nombre y los acompañó a una mesa de esquina, reservada para clientes exclusivos.

–Siento curiosidad –dijo ella, cuando se sentaron–. ¿Te habrías enfadado si hubiera elegido venir a cenar aquí para ver el restaurante al mismo tiempo que para disfrutar de una cena romántica contigo?

–No, si me hubieras dicho que esa era tu intención –agarró la carta de vinos que le tendía el camarero y eligió uno. A través del ventanal se veía un ferry que se dirigía a Bainbridge Island–. Creo que uno de los problemas que tengo ahora es decidir cómo, cuándo y dónde separar el trabajo del placer.

–No te sientas mal por ello. Yo también –sonrió ella.

Él la miró muy serio.

–¿Cómo se supone que he de hacerlo, Catherine? Me gustaría contarte mi día. Es parte de quién soy y de lo que me gusta hacer. Quiero compartir ese aspecto de mi persona contigo. Y me gustaría contarte los avances que he hecho sobre tus libros de contabilidad –miró hacia el ferry un instante y continuó–. Pero me da miedo por si cruzo la línea, sobre todo puesto que no tengo muy claro dónde la has trazado.

–No la he trazado –dijo ella–. Creo que es algo de lo que deberíamos hablar.

–Bien. ¿Estás dispuesta a hablar de ello aquí y ahora?

Buena pregunta. Ella había planeado una tarde romántica y no una reunión de trabajo, pero era importante encontrar el equilibrio.

–Hablemos de trabajo mientras nos bebemos el vino y luego veremos si podemos seguir con otra cosa.

–De acuerdo.

–Entonces, ¿has tenido tiempo de mirar mis cuentas?

–Sí.

–¿Has encontrado algún error? Dina es muy meticulosa, no puedo creer que haya cometido un error.

–No, todo parece en orden. Es solo… –dudó un instante–. ¿Recuerdas que no me gustaba la idea de que una empresa de la competencia fuera la responsable de los problemas que hubo en la fiesta de Natalie? –al ver que ella asentía, continuó–. Los libros de contabilidad parecen en orden. Pero hay algo que me parece extraño.

–¿Has hablado con tu madre sobre ello?

–Todavía no. Necesito tiempo para mirarlos con más detenimiento. He estado un poco distraído por esa compra inesperada, así que no he podido prestarles toda mi atención –les llevaron el vino y él aceptó la botella tras probarla–. ¿Cuándo es tu próximo evento? Quiero asegurarme de tenerlo apuntado en mi PDA.

–Dentro de dos días. Es uno pequeño. En circunstancias normales, no habría aceptado el trabajo, pero con todos los problemas que he tenido no me he atrevido a rechazarlo.

–Muy lista.

–Después de ese tengo un acto benéfico a finales de semana. Y Dina me ha dicho que algunas de las personas que llamaron para cancelar, después de lo de la fiesta de los Marconi, han cambiado de opinión. Está claro que se está corriendo la voz, aunque sospecho que parte del cambio de opinión tiene que ver con la capacidad que tiene tu madre para tratar a los clientes –se movió un poco hacia Gabe–. Tú también eres así.

Él la rodeó con el brazo y ella apoyó la cabeza sobre su hombro.

–Mi padre no. Era muy brusco.

Catherine jugueteó con su copa de vino.

–También he visto esa faceta tuya, sobre todo cuando se trata de negocios.

–Es un rasgo de la familia Piretti –sonrió y miró hacia la distancia–. Será interesante ver cuál de

117

nuestros hijos continúa con la tradición. O a lo mejor, se parecen más a ti. Y son más apasionados. Decididos a comerse el mundo.

–Oh, Gabe –susurró ella.

Él se puso tenso.

–Maldita sea –negó con la cabeza–. Lo siento, Catherine. No ha sido a propósito, me ha salido sin más. No estaba pensando.

–No. No te disculpes –se soltó de él–. ¿No te das cuenta, Gabe? Es parte de quién eres. Parte de donde provienes. Eres un Piretti. Tu familia ha estado en esta parte del país desde que el primer colonizador taló el primer tronco. Tú mismo me contaste que Piretti's, originalmente, fue un aserradero.

–Los tiempos cambian –dijo él–. Ahora Piretti's es lo que yo digo que es.

–Tu imperio fue creado sobre la base que dejaron aquellos que vivieron antes que tú –comentó ella–. Puede que hayas cambiado el contexto y el alcance del negocio familiar, pero sigue siendo un asunto de familia.

–Es un asunto mío –la corrigió él–. Adónde vaya a partir de ahora dependerá de adónde yo quiera llevarlo.

–¿Y dentro de otros treinta años? –insistió ella–. ¿Dentro de cuarenta? ¿Quién lo manejará entonces, Gabe?

–Dentro de treinta o cuarenta años tendré una respuesta para ti –contestó él con tranquilidad–. O quizá siga el ejemplo de Jack LaRue y venda la empresa, me retire y disfrute de la vida.

–No puedo creer que lo venderías sin más, después de lo mucho que has trabajado para construirlo.

–Ya lo verás.

Ella no lo creía.

–Te conozco, Gabe. Sigues queriendo tener hijos. Acabas de demostrármelo. Y no hace falta ser un genio para ver qué rumbo has tomado. Crees que serás capaz de hacerme cambiar de opinión.

–¿Ponemos las cartas sobre la mesa, Cate?

–Oh, por favor –contestó ella, agarrando la copa de vino.

–Quiero tener hijos. Y tú, o bien cambias de opinión, o no. Pero comprende una cosa… Si se trata de elegir entre tú y los niños, te elijo a ti. ¿Te queda claro cuál es mi intención?

Él no le dio tiempo a contestar. Le quitó la copa de la mano y la dejó de nuevo sobre la mesa. Después, la estrechó entre sus brazos y la besó de manera apasionada, provocando que para ella no existiera nada en el mundo más que él.

–Nada de excusas –dijo él cuando se separaron–. Nada de barreras. Puede que te haya obligado a mudarte conmigo y a aceptar mis condiciones, pero has aceptado y te prometo que las cumplirás. No volverás a marcharte de mi lado con una excusa ridícula.

–No es una excusa.

–Cualquier cosa que emplees para distanciarte de mí es una excusa, y no voy a aceptarlo más. Ponme a prueba, Catherine, y no dejes de hacerlo. Porque te prometo que retiraré todos los obstáculos que se interpongan entre nosotros antes de permitir que te vayas otra vez. Esta vez te seguiré hasta los confines de la tierra. Hasta el infierno, si es lo que hace falta.

Ella ocultó el rostro contra su hombro.

–Te equivocas, Gabe. Todavía no te has dado cuenta. La próxima vez, no solo permitirás que me vaya, sino que me echarás.

Gabe se percató de que el curso de su conversación había cambiado después de aquello. Siempre había habido barreras entre ellos, pero nunca habían sido tan poderosas. Sin embargo, dos cosas le daban esperanza.

Por un lado, Catherine continuaba con sus citas sorpresa, sacándolo al teatro, a cenar o improvisando un picnic en su dormitorio. En algunas ocasiones eran encuentros cortos, de apenas una hora, que tenían lugar durante el horario de trabajo. Otros eran más largos, de medio día, durante los que escapaban del trabajo y disfrutaban de la compañía mutua. Eso le hacía pensar que su relación podía cambiar.

La otra cosa que le daba esperanza eran las noches que compartían. Por algún motivo, cuando se metían en la cama, sus diferencias y conflictos se desvanecían. Y con cada caricia, sus cuerpos y sus mentes se encontraban.

Aquella misma semana, él la sorprendió al aparecer en uno de sus eventos. Era un acto benéfico a favor de niños enfermos de cáncer. Él esperaba encontrarla en su puesto habitual, dirigiendo y coordinando el evento desde un segundo plano. Sin embargo, la encontró sentada en el suelo, leyendo un cuento a un grupo de niños.

Tenía algunos mechones sueltos y le caían sobre el rostro y la nuca. Sus ojos tenían una mirada cálida y generosa. No mostraba ninguna barrera, sino que se mostraba tal y como era. Él la había visto así otras veces, casi siempre cuando estaba con niños. ¿Cómo podía decir que no quería tener hijos cuando era evidente que los pequeños la llenaban de felicidad?

Catherine debió de notar su presencia porque, en un momento dado, levantó la cabeza. Lo miró, y durante un instante, compartió con él la misma naturalidad que compartía con los niños. Y entonces, las barreras se erigieron de golpe. Gabe permaneció mirándola largo rato. Le dolía ver que ella necesitara protegerse de él.

Tenía que traspasar esas barreras de algún modo. Recuperaría su confianza y haría todo lo posible por mantenerla a su lado. Se acercó a ella, se agachó y le dio un beso, provocando que el público se riera.

Catherine le entregó el libro a una de sus ayudantes y se excusó. Los pequeños no querían que se fuera y la abrazaron a modo de despedida.

Gabe la ayudó a levantarse y le susurró al oído.

–¿Te he dicho últimamente lo guapa que eres?

–No exageres, Gabe –dijo ella, sonrojándose.

–No me crees, ¿verdad?

–Soy atractiva. Interesante, quizá –dio un paso atrás–. Pero no soy guapa.

–Para mí, sí –dijo él, sin más.

Ella cambió de tema.

–No esperaba verte aquí. No mencionaste que a lo mejor venías.

–Llevo en la junta directiva de esta asociación benéfica desde hace años, pero no estaba seguro de poder asistir –la miró y continuó antes de que ella le hiciera una pregunta–. Y no, no he tenido nada que ver con que te contrataran. Eso lo lleva un subcomité. Sin embargo, me he enterado de que no has querido cobrar, regalando tu trabajo.

–Es por una buena causa.

–Gracias. Permitiré que sigas con tus quehaceres, pero antes, una pregunta: ¿Qué tienes que hacer mañana?

–Pensé que necesitaría un día libre después del acto benéfico, así que no programé nada en mi agenda.

–Pues mantenla así.

–¿Quieres que organice algo? ¿O lo improvisamos?

–Yo me ocuparé de todo. Tú ven sin más.

La besó de nuevo y dejó que volviera a trabajar.

Al día siguiente, Gabe le dijo a Catherine que se pusiera el bañador debajo del pantalón corto y que se preparara para pasar un día al sol. Cuando aparcaron en Sunset Marina, ella se volvió hacia él, con los ojos brillando de placer.

–¿Vamos a ir a un crucero?

–Pensé que podíamos dar un paseo por Chittenden y hasta Lake Washington. O podemos quedarnos alrededor de Sound, si lo prefieres.

–Hace años que no voy a Chittenden. Vamos.

Fue un día mágico durante el que solo se preocuparon del presente, y no de los secretos del pasado, ni del futuro. Catherine le llevó algo de beber y se acurrucó junto a él en el sillón que había junto al timón. Miró a su alrededor y dijo:

–Supongo que este es uno de los yates de diseño que fabrica tu empresa.

–Uno de los pequeños –sonrió él–. El motor no es Piretti's... todavía. Espero concretar pronto con LaRue. Quizá así tenga tiempo de echarles un vistazo a tus libros de contabilidad y prestarles la dedicación que se merecen.

Ella se encogió de hombros.

–Lo dejo en tus manos. No tengo conocimientos sobre el tema, aunque está claro que Dina sí.

–Mi madre tiene talento para ello.

–Supongo que por eso me sorprendió que no se percatara de que… ¿Cómo se llamaba el hombre que le propuso matrimonio unos meses después de que tu padre muriera? Stanley no sé qué, ¿no?

–¿Te refieres a Stanley Chinsky?

Ella dudó un instante.

–Um. ¿Fue el encargado del departamento de contabilidad de Piretti's en algún momento?

–Sí. También era miembro de la junta directiva. ¿Ese bastardo se atrevió a proponerle matrimonio a mi madre?

–Veo que nunca te lo mencionó –dijo ella, dejando la lata de refresco en un soporte.

–No, no lo hizo.

–Lo siento, Gabe. No lo sabía, si no, no te habría dicho nada. Ella me lo contó aquella noche que nos sinceramos la una con la otra.

–¿También te contó que Stanley trató de robarle durante el tiempo que estuvo como contable?

–Sí, lo hizo. Creo que ella se sentía culpable en cierto modo. Pensaba que era un castigo por haber rechazado su propuesta de matrimonio.

–No. Él comenzó a robarnos desde el momento en que murió mi padre. Si le propuso matrimonio, fue solo para tener cobertura.

–Dina dijo que era muy listo.

–Lo era. Me costó mucho descubrirlo. Es un cretino. ¿Cómo no me he dado cuenta?

–¿De qué?

Él la miró.

–Es culpa tuya, ¿sabes? Si no hubiera estado tan distraído contigo, me habría dado cuenta de todo.

–Maldita sea, Gabe. ¿De qué?

–De lo que ha estado haciendo mi madre –viró el barco y aceleró–. El motivo por el que corres el riesgo de entrar en bancarrota es porque mi madre ha estado manipulando las cuentas.

Capítulo Nueve

Gabe y Catherine tardaron varias horas en regresar hasta la marina. Llegaron a casa de Dina justo al anochecer. Ella les abrió la puerta con una amplia sonrisa, y dejó de sonreír en cuanto se fijó en las expresiones que tenían.

–Estoy atrapada, ¿no es así? –preguntó, dando un paso atrás para dejarlos entrar.

–Sí –le confirmó Gabe–. Y muy seriamente.

–De hecho, esperaba que esto sucediera mucho antes. Me has decepcionado, Gabriel.

–Y habría sucedido mucho antes si yo no hubiera estado tan distraído con Catherine.

Dina asintió.

–He de admitir que contaba con ello.

–¿Qué diablos está pasando, mamá? –preguntó Gabe–. ¿Cómo has podido hacerle esto a Catherine? Ella confiaba en ti, y la has traicionado.

Catherine le acarició el brazo para tranquilizarlo.

–Ha de haber un buen motivo, Gabe. Seguro que lo hay.

Dina sonrió al oír sus palabras.

–¿Por qué no preparo un café mientras charlamos?

–¿Charlar? –Gabe la miró asombrado–. Esto no es una reunión de amigos. El café no va a solucionar las cosas. Esto es muy serio. Tan serio como para ir a la cárcel.

–Si quieres que conteste a tus preguntas, tendrá que ser con un café. Porque, de otro modo, no voy a decir ni una palabra más.

–Siento todo esto –dijo él, volviéndose hacia Catherine–. Te prometo que no tenía ni idea.

–Vamos a oír lo que tiene que decir.

Dina agarró a Catherine por el brazo y la guio hasta la cocina.

–No te preocupes –le susurró–, no es tan malo como parece.

–No, es peor –intervino Gabe al oír sus palabras–. Stanley y tú tendréis las celdas una al lado de la otra.

–Catherine no me entregará a las autoridades –contestó Dina con mucha seguridad–. No después de que le dé una explicación.

–Más te vale que sea una buena explicación.

Dina preparó el café mientras hablaba de todo menos del motivo por el que ellos estaban allí. Después de servirlo, llevó las tazas a la mesa.

–Os ha dado el sol –comentó ella mientras se echaba azúcar en el café–. Da gusto ver que estáis pasando mucho tiempo juntos y solucionando vuestros problemas.

–Mamá –dijo él. Solo una palabra bastó para que la madre comenzara a hablar.

—Está bien. Pregunta.

Gabe le agarró una mano a Catherine y se la apretó.

—Has robado dinero de las cuentas de Elegant Events —afirmó él.

—Sí —Dina se apoyó en el respaldo de la silla y bebió un sorbo de café—. Lo siento, Catherine, pero me lo pusiste muy fácil. Te recomiendo que hagas un par de cursos de contabilidad para que nadie más se aproveche de ti en el futuro.

Catherine arqueó una ceja y Gabe se sorprendió al ver que ella apreciaba la sugerencia que le había hecho su madre.

—Vaya, gracias por el consejo, Dina. Lo tendré en cuenta —murmuró.

—Me imagino que utilizaste el método de Chinsky —intervino Gabe.

—Oh, sí. Stanley fue un magnífico profesor. Seguí su ejemplo y le hice a Catherine lo mismo que él me hizo a mí —se encogió de hombros—. Y después esperé.

Gabe agarró la mano de su madre.

—¿Estás mal de dinero? ¿Te ha pasado algo que no quieras contarme? Sea lo que sea, haré todo lo que pueda para ayudarte. Lo sabes, ¿verdad?

A Dina se le llenaron los ojos de lágrimas.

—Oh, Gabriel. No tienes ni idea de lo mucho que significa esto para mí. Siempre has hecho todo lo posible por cuidar de mí —sonrió—. Pero no se trata de dinero, cariño.

–Entonces, ¿de qué? –preguntó Catherine–. ¿Es porque dejé a Gabe? ¿Es una especie de venganza?

–¿Crees que lo he hecho para vengarme? Oh, no, cariño. Nunca. Te quiero como si fueras mi propia hija. ¿Cómo puedes dudar tal cosa? –miró a Gabe y después a Catherine–. No, lo he hecho para ayudaros.

–Para ayudarnos –dijo Catherine, confusa–. ¿Cómo puede ayudarnos el hecho de que nuestro negocio entre en bancarrota?

–Piénsalo. ¿Qué hiciste cuando te enteraste de que teníamos problemas económicos?

–Intenté obtener más clientes. Ahorrar. Trabajar para reducir gastos e incrementar… –se calló y cerró los ojos–. Por supuesto. Acudí a Gabe.

–Eso es –Dina le dio una palmadita en la mano–. Sabía que lo averiguarías. Igual que sabía que si nuestras finanzas empezaban a ir mal, tarde o temprano, irías a pedirle ayuda a Gabe. He de decirte que me ha impresionado que tardaras tanto en ceder. Casi tengo que desechar todo el plan.

–Pero cedí antes de que tuvieras que hacerlo.

–Exacto –dijo Dina, y sonrió.

–¿Estás diciendo que tramaste todo esto, y llevaste a Catherine al infierno, para emparejarnos de nuevo?

–Diría que puede resumirse así, sí. Y ha funcionado, ¿no es cierto? Estáis juntos otra vez y parecéis más felices que nunca. Si no hubiera intervenido, seguiríais separados y siendo infelices –golpeó la mesa con el dedo índice–. Y antes de que pierdas los nervios, déjame que te diga que habría hecho cualquier cosa, incluso arriesgarlo todo, para daros la oportunidad de que solucionarais vuestras diferencias. Tú me enseñaste eso, Gabriel, cuando me secuestraste. No te importaba lo que sucediera como resultado de tus actos, siempre y cuando nos reconciliáramos.

–Me temo que la expresión es: atrapado en su propia trampa. ¿Y también estás detrás de los sabotajes que le han hecho para difamarla?

Dina dejó la taza con fuerza sobre la mesa.

–Por supuesto que no. ¿Cómo puedes pensar que haría tal cosa?

–Oh, diablos, mamá. No lo sé. ¿Quizá porque le has robado dinero?

–Eso es diferente. El dinero no ha ido a parar a ninguna parte. Está en un lugar seguro. Incluso el nombre de Catherine figura en la cuenta donde he ido ahorrándolo. Así que, técnicamente, es probable que ni siquiera se considere desfalco.

–Técnicamente, cuando te mate no se considerará homicidio, porque no habrá nadie que no lo considere justificado –dijo Gabe enfadado.

–Ya basta, Gabe –dijo Catherine–. Es hora de marcharse.

Por primera vez, a Dina le tembló la sonrisa.

–¿Estás muy enfadada conmigo? Solo trataba de ayudar.

Para sorpresa de Gabe, Catherine se puso en

pie y se acuclilló junto a Dina. La abrazó y le susurró algo suavemente al oído. Su madre comenzó a llorar, pero con solo mirarla supo que eran lágrimas de felicidad. Catherine se puso en pie y miró a Gabe.

–¿Puedes llevarme a tu apartamento, por favor? –le preguntó.

«A tu apartamento. No a casa», pensó Gabe. Podía sentir que cada vez quedaba menos tiempo para terminar su relación. Una vez que había resuelto los problemas económicos de la empresa de Catherine, y que la había ayudado a restablecer su reputación, no tenía más excusas para convencerla de que se quedara con él. ¿Quería regresar a su apartamento para recoger sus cosas y marcharse?

Si era así, tendría que idear rápidamente un nuevo plan para convencerla de que se quedara.

De regreso al apartamento, Catherine no dijo ni una palabra. Sabía que Gabe estaba tenso y no quería arriesgarse a decir algo que lo importunara. Cuando llegaron, él abrió la puerta y permitió que ella pasara delante.

La casa estaba en completa oscuridad. Ella encendió la lámpara que estaba junto a la escultura de madera y acarició a la mujer tumbada. Se había convertido en una rutina acariciar la estatua cada vez que entraba en el apartamento.

–La compré después de que te marcharas porque me recordaba a ti –dijo Gabe.

–¿De veras? –ella no encontraba parecido alguno, pero era cierto que no podía verse mientras dormía–. ¿Por qué hiciste tal cosa si nuestra relación había terminado?

–Porque no había terminado. No ha terminado.

–¿Y cuando termine nuestro acuerdo? –lo miró por encima del hombro–. No vas a cumplir tu promesa y a dejarme marchar, ¿verdad?

–No.

–Me lo imaginaba.

Con un único movimiento, agarró el dobladillo de su camiseta y se la quitó, dejándola caer al suelo.

–¿Qué haces?

Ella se desabrochó los pantalones y se los quitó también.

–¿Qué te parece que estoy haciendo?

–Un *striptease* –se dispuso a agarrarla, pero ella lo esquivó–. ¿Por qué, Catherine?

Ella se desabrochó la parte de arriba del bañador y se lo quitó.

–¿Que por qué me estoy quitando la ropa? ¿Que por qué no estoy recogiendo mis cosas para marcharme? ¿O que por qué nunca viniste a buscarme cuando me marché? ¿Por qué tu madre ha tenido que llegar tan lejos para juntarnos otra vez?

–¿Vas a quedarte?

Catherine se quitó la parte de abajo del bañador

y se dirigió al dormitorio. En el último momento se volvió para decir:

—Sería una lástima echar a perder todo el trabajo de Dina, ¿no crees?

Él la alcanzó en el pasillo. Sin decir palabra, la tomó en brazos y la llevó hasta la habitación.

La tumbó sobre la cama y la besó sin decir nada. Aquel beso contenía todo lo que tenía que decirle.

Un fuerte deseo se apoderó de ellos.

—Esta noche no puedo contenerme —dijo Gabe, sin dejar de besarla.

—No quiero que lo hagas.

Con una mano, le sujetó las muñecas por encima de la cabeza, mientras que con la otra le acariciaba el cuerpo. Acercó la boca a uno de sus pechos y le mordisqueó el pezón, provocando que ella se estremeciera. Deslizó la mano a su entrepierna y la acarició una y otra vez, excitándola con sus maravillosos dedos.

—No —gimió ella—. Quiero más. Te quiero a ti.

—Y me tendrás —le prometió él—. Ten paciencia, cariño.

—Tú eres el que tiene que tener paciencia. Te voy a tener ahora mismo.

Ella se liberó y lo empujó para que se tumbara bocarriba. Era su turno. Le tocaba saborearlo y devorarlo. Empezó por el rostro. Sus cejas. Sus ojos de color azul cobalto. Su nariz. Su mandíbula. Y su boca. Pero no era suficiente. Deseaba más. Quería explorar cada parte de su cuerpo y entregarse a él de la misma manera que él se había entregado a ella tantas veces.

Continuó deslizando la lengua por su cuerpo y él comenzó a gemir.

–Estás perdiendo el control, ¿eh, Piretti? –bromeó ella–. Parece que hay un nuevo pirata encargado del saqueo.

–Continúa así y cavaré todo lo que quieras en busca del tesoro.

Ella se rio y se deslizó más abajo.

–Todavía no. Primero tengo otros planes para ti.

Llevaba todo el día fijándose en él. Durante su paseo en barco se había fijado en su torso, y en cómo los pantalones se ajustaban a sus caderas. Le desabrochó el pantalón y metió la mano por la cinturilla hasta que encontró su tesoro particular. Notó su piel caliente, su miembro erecto. Deseaba ofrecerle algo especial. Así que primero lo acarició, y después lo saboreó.

Él gimió y se movió para colocarla sobre su miembro, de forma que sus cuerpos se unieran entre sí. Ella se estremeció con fuerza.

–Lo siento –dijo él–. Lo siento.

Ella le sujetó el rostro para que la mirara.

–¿Por qué lo sientes? ¿Cómo puedes sentirlo cuando estamos aquí, juntos?

–Mi madre se equivocó al forzarte a esto. Yo me equivoqué también.

–Esto no es malo.

Era perfecto. El paraíso en la Tierra.

–Nunca lo fue y nunca lo será.

–No te enfadaste con ella a pesar de que tenías derecho a hacerlo. No sé lo que le dijiste, pero la hiciste feliz.

Catherine le rodeó la cintura con las piernas y lo atrajo hacia sí.

–¿Quieres saber qué es lo que le dije? –se abandonó ante los movimientos de Gabe, adquiriendo el mismo ritmo intenso que él–. Le di las gracias.

Entonces, llegaron al clímax y se derrumbaron a la vez. Catherine lo miró y supo que nunca volvería a ser la misma. Ese día había hecho lo impensable.

Había vuelto a enamorarse de Gabe.

–¿Por qué me dejaste?

La pregunta la pilló desprevenida, mientras se relajaban después de haber hecho el amor.

–¿Tenemos que hablar de ello ahora?

Él se volvió para mirarla y se apoyó sobre un codo.

–Ocurrió algo, ¿no es así?

–Sí.

–Algo más, aparte de que yo le diera prioridad a mi trabajo en los peores momentos.

–Sí –susurró ella.

–¿Qué ocurrió?

–Por favor, Gabe. Esta noche ha sido especial, y

no quiero que nada lo estropee. Te debo la verdad. Lo sé. Y te la contaré, te lo prometo.

–Creías que este momento no llegaría jamás, ¿verdad? Que nuestra relación terminaría y que te ahorrarías contarme lo que sucedió.

–Sí –se sentó en la cama y se cubrió con la sábana–. ¿Sabes qué fecha es dentro de dos fines de semana?

Él pensó un instante y contestó:

–Se cumplirán dos años desde que te marchaste.

–Quiero que te tomes cuatro días libres y pases conmigo el fin de semana. Tú eliges el sitio. Un lugar especial.

Él salió de la cama.

–¿Lo dices en serio?

–Sí. Si lo haces, responderé a todas las preguntas que me hagas –dudó un instante y añadió–: Pero creo que debo advertirte que no te gustará lo que vas a oír.

Gabe agarró unos pantalones vaqueros y se los puso. Nunca había tenido un aspecto tan masculino. Tenía el cabello alborotado y su cuerpo todavía desprendía el aroma de la pasión.

–¿Por qué tanta historia, Catherine? ¿Por qué no hablamos claro, aquí y ahora?

–No quiero albergar más fantasmas en este lugar de los que ya hay. Y quiero hablar de nuestros problemas en territorio neutral. O bien lo olvidamos todo y continuamos hacia delante –tragó saliva–. O quedamos empatados.

–Maldita… –se pasó la mano por el cabello–. Crees que el próximo fin de semana se acabará nuestra relación, ¿no es eso?

–Sí. Por favor, Gabe. Quiero… Necesito ese tiempo para nosotros.

–Está bien. Lo arreglaré todo para tener libre ese fin de semana y darte el tiempo que me pides –se acercó a la cama–. Pero escúchame, Catherine, y escúchame bien. No dejaré que te vayas. Sea cual sea el secreto, buscaremos la manera de solucionarlo.

–Quiero pensar que va a ser así.

Gabe apoyó una rodilla sobre el colchón y le sujetó el rostro.

–Lo único que tienes que hacer es dejarme pasar. Solo tienes que confiar en mí. No voy a alejarme de ti. Lo solucionaremos y, después, volveré a proponerte matrimonio. Y esta vez no permitiré que nada interfiera entre nosotros. Ni llamadas de teléfono. Ni trabajo. Ni secretos.

Ella comenzó a llorar.

–Tengo miedo.

–Lo sé –la besó en la boca–. Pero no puedo hacer nada al respecto, no tengo manera de tranquilizarte, hasta que no seas sincera conmigo.

Los siguientes días pasaron volando. Catherine pasó los días trabajando. Y las noches, abandonada a una pasión que nunca antes había conocido. Era como si Gabe hubiera decidido poner una marca indeleble sobre ella, para demostrarle que lo que había entre ellos no terminaría nunca.

Pero todo terminaba.

Ella se estremeció al pensarlo y se esforzó para concentrarse de nuevo en el trabajo y repasar la lista de quehaceres que tenía entre manos. De pronto, sonó el teléfono y descolgó el auricular.

–Catherine Haile –contestó.

–¿Puedo hablar con el señor Gabe Piretti, por favor? –era una mujer joven y simpática.

–Lo siento, en este momento no está –dijo Catherine, distraída–. ¿Quiere dejarle un mensaje?

–Hmm. A lo mejor usted puede ayudarme. Soy Theresa, de Très Romantique. Llamo en relación con una reserva que él hizo con nosotros.

Catherine dejó la lista sobre la mesa y dijo:

–Creo que sí que puedo ayudarla.

–Estupendo –dijo la mujer, aliviada–. Cuando el señor Piretti hizo la reserva, pidió una suite.

–¿Ah, sí? –preguntó Catherine, complacida por el detalle.

–Pero cuando cambió las fechas, se cambió la habitación por una normal. Yo misma hice la reserva original con el señor Piretti, y recuerdo lo mucho que insistió para reservar la suite. Así que he decidido comprobarlo, no fuera a ser que mi compañera se equivocara al hacer la reserva –Theresa bajó el tono de voz–. Es nueva, y estoy a cargo de enseñarla, así que es culpa mía si se ha cometido un error. Además, sería una lástima que perdiera esa habitación, si es la que quería. Es estupenda.

–Lo siento. ¿Puede repetírmelo? ¿Él ha cambiado las fechas? ¿No ha reservado para este fin de semana?

–No, señora. Lo ha cambiado para una semana más tarde. Un momento, por favor… –tras hablar con su compañera, Theresa volvió a ponerse al teléfono–. Kaisy dice que recuerda algo acerca de un problema de trabajo. Por suerte, debido a una reciente cancelación, esa suite está disponible ambos fines de semana. ¿Así que si pudiera confirmarme qué habitación quiere que le reservemos…?

Al diablo con la habitación. Lo único que le importaba a Catherine era la fecha.

–Theresa, ¿podría llamarla más tarde? Necesito tiempo para asegurarme.

–Me temo que solo podré reservarle la suite hasta las cinco de la tarde de hoy –le explicó–. ¿Será tiempo suficiente?

–Seguro que sí –dijo Catherine–. Gracias por llamar.

Colgó el auricular y cerró los ojos mientras la desesperación se apoderaba de ella. ¿Cómo podía Gabe haber hecho el cambio sin consultarlo con ella? Él sabía lo importante que era aquel fin de semana para ella. Sabía que pensaba hablar con sinceridad acerca de lo que había sucedido dos años antes. ¿Por qué lo había estropeado todo?

Durante el último mes habían estado muy unidos. Por fin habían aprendido a confiar el uno en el otro y habían resuelto sus diferencias. Ella había comprendido por qué Piretti's era tan importante para él, igual que él había aceptado la importancia de su negocio.

Y ese era el resultado de todo.

Cuando todo estaba dicho y hecho, sus promesas acerca de reorganizar sus prioridades resultaban no ser más que palabras. Él no había cambiado.

Catherine trató de mantener la calma y consideró sus opciones. La última vez había salido huyendo. La última vez estaba enferma y deseaba esconderse en un lugar seguro para curar sus heridas. Pero ya no era la misma mujer de dos años atrás. Echó la silla para atrás y se puso en pie.

Esa vez, lucharía.

Capítulo Diez

Catherine se dirigió a la oficina de Piretti's. Subió en el ascensor y se dirigió al despacho de Gabe. Roxanne estaba sentada ante su escritorio, con la sonrisa de arpía en los labios. Catherine tuvo que contenerse para no darle un puñetazo. No podía evitar preguntarse si ella sabía lo que había pasado.

Se acercó a la puerta de Gabe y entró sin esperar a que le contestara. Él estaba en una reunión, pero a ella no le importaba. Cerró la puerta tras de sí y le preguntó:

–¿Has cancelado nuestros planes para este fin de semana?

Todos los asistentes se quedaron de piedra.

–Caballeros… –Gabe miró hacia la puerta–. Despejen la sala.

Catherine esperó a que salieran todos y dejó el bolso sobre la silla que había frente al escritorio de Gabe. Él se acercó a ella y le preguntó:

–¿Qué ocurre, Catherine?

Para su desgracia, ella sintió un nudo en la garganta y cómo las lágrimas se agolpaban en sus ojos. Cerró los puños y trató de mantener el control.

–He recibido una llamada de Très Romantique y me han informado de que has cambiado la reserva que teníamos para este fin de semana, al siguiente, debido a un problema de trabajo. Sé que probablemente pienses que no hay ninguna diferencia entre un fin de semana u otro. Pero a mí sí me importa. Pensé que lo habías comprendido –lo miró a los ojos–. Esto es la base de todo. Cuando te necesito, te necesito. No siempre puede ser según te convenga. A veces, pasan cosas en la vida y terminan pasando durante una reunión, o una negociación o… –no pudo continuar hablando.

–Catherine…

–¡No! No, Gabe. Las cosas han cambiado. Yo he cambiado. No voy a afrontar nuestra crisis igual que hace dos años. No voy a permanecer en silencio más tiempo. No voy a sentarme junto al teléfono esperando a que me llames. No voy a dejarte una nota. Y, desde luego, no voy a salir huyendo. Esta vez, tendrás que escucharme.

–Te escucho.

–No me importa si este fin de semana tienes asuntos de negocios. Te necesito. No me refiero al fin de semana pasado. Ni al siguiente. A este fin de semana.

–¿Por qué? –preguntó él.

Ella lo miró, invadida por la nostalgia.

–Por la fecha.

–Lo sé. Es el segundo aniversario del día que me dejaste. Lo que no he conseguido averiguar es por qué querías hacer algo especial para celebrar la ocasión.

Catherine palideció.

–¿Celebrar? Pensabas que... Oh, Gabe. No es eso, en absoluto. Siento que hayas pensado tal cosa. No quiero celebrarlo.

Él cerró los ojos un instante y maldijo en voz baja.

–Ah, diablos. Pensabas sustituir los recuerdos, ¿no es así? –se acercó a ella y la estrechó entre sus brazos–. Estabas tratando de tener nuevos recuerdos. De reemplazar los antiguos por unos más felices.

Ella lo miró. Le temblaba la barbilla.

–¿Cómo pudiste pensar otra cosa?

–Sucede a veces. Y ocurrirá otra vez, sobre todo cuando nos saltemos un paso... Podías haberme explicado tu plan.

Catherine se sentía como una idiota. Había asumido que él lo comprendería sin tener que explicárselo.

–A veces se me olvida que no puedes leer la mente –suspiró–. ¿Era por eso, Gabe? ¿Por eso cambiaste la fecha? ¿Creías que pensaba restregar sal en la herida? ¿De veras creías que podría hacer tal cosa?

–Escucha atentamente, Catherine –la besó en los labios–. Yo no he cambiado la fecha.

–Pero... Pero... Recibí una llamada de Theresa, de Très Romantique. Ella me dijo que lo habías hecho.

143

–Está equivocada –se apoyó en el escritorio y agarró su PDA–. Vamos a aclararlo, ¿quieres?

Buscó la información que necesitaba e hizo una llamada de teléfono. Minutos más tarde estaba hablando con la persona encargada de las reservas. Durante un rato, escuchó sin más y Catherine supuso que Theresa le estaba explicando lo sucedido.

–Comprendo. Me aseguraré de decirle a su jefe lo mucho que aprecio que haya llamado para asegurarse de que quería la suite, sobre todo, puesto que está claro que el error es cosa mía. También le agradecería que mantenga la reserva original. Entretanto, ¿podría hablar con Kaisy y preguntarle quién cambió la fecha? En absoluto. Esperaré.

Gabe miró a Catherine y ella se estremeció. Solo había visto esa mirada en sus ojos una vez, cuando descubrió que un empleado había estado engañándolo. Ella no había podido olvidar esa expresión, y esperaba no tener que volverla a ver.

–Gracias, Theresa. Eso era precisamente lo que necesitaba –colgó la llamada y apretó un botón del intercomunicador que tenía sobre la mesa–. Roxanne, ¿podrías venir a mi despacho un momento?

Catherine suspiró. Por supuesto. ¿Cómo no había sospechado de ella?

Ambos esperaron en silencio hasta que Roxanne entró en la habitación. Catherine la miró de cerca. Llevaba un vestido de cuello alto de color marfil con botones de perla y el cabello recogido en un moño. En la mano, llevaba una libreta y un bolígrafo.

–¿En qué puedo ayudarte, Gabe? –preguntó ella.

–Contéstame a una pregunta, Roxanne.

Ella permaneció mirando a su jefe, ignorando a Catherine por completo.

–Por supuesto –sonrió con inocencia–. Lo que quieras. Ya lo sabes.

–Tenía una reserva en Très Romantique. Alguien la ha cambiado. ¿Sabes algo al respecto?

–Sí –respondió con tranquilidad–. Iba a decírtelo cuando terminara la reunión, pero… –miró a Catherine un instante–. No esperaba que la señorita Haile alterara las cosas.

–Explícame qué ha pasado con la reserva.

–Por supuesto. Llamó el señor LaRue. Dijo que le había surgido un problema y que el miércoles ya no podía firmar el contrato final. Insistió en que cambiáramos la fecha.

–¿Insistió?

–Oh, Gabe, ya sabes cómo es. Inflexible. Yo hice lo posible para que cambiara de opinión, pero no aceptó. Solo estaba dispuesto a cambiar de fecha y resultó ser durante los días que me dijiste que querías tener libres. Cuando me opuse, dijo que ese día o nunca –movió la cabeza con nerviosismo–. ¿Qué podía hacer? Le dije que te lo comentaría y entonces se me ocurrió que podría ayudarte a evitar un encontronazo con Catherine llamando a Très Romantique para ver si tenían habitaciones disponibles para el siguiente fin de semana. Siento haber fallado. Es evidente que Catherine no está abierta al compromiso.

–¿Cancelaste mi reserva sin consultar primero conmigo?

–Por supuesto que no. Les expliqué la situación y la chica me guardó la reserva para ambas fechas. Me dijo que la mantendría hasta que pudiera hablarlo contigo –abrió bien los ojos–. Oh, no. ¿No me digas que no ha hecho lo que le pedí?

–La chica se llama Kaisy. Y no es así como recuerda la conversación que tuvisteis.

–Entonces es que Kaisy no lo entendió bien. Eso, o trata de encubrir su error.

Gabe sonrió.

–Bueno, eso lo explica todo.

Roxanne se relajó un poco, e incluso se atrevió a mirar a Catherine de reojo.

–¿Algo más?

–Creo que puede que sí. Dame un minuto –agarró el teléfono y marcó otro número–. Hola, soy Gabe Piretti –contestó a la persona que había recibido la llamada–. ¿Está el gran hombre por ahí? Sí, lo haré, gracias –otra pausa–. ¿Jack? Voy a poner el altavoz, ¿te parece bien?

–Claro… –su voz invadió la habitación–. No habrá otro cambio en nuestra reunión, ¿no?

–De hecho, por eso te llamo.

Gabe miró fijamente a su secretaria. Ella palideció.

—Estoy mirando una nota que me ha dejado Roxanne acerca del cambio de fecha de nuestra reunión –continuó Gabe–. ¿Te venía mal la fecha original?

—Cielos, no. Roxy dijo que a ti te venía mal.

Roxanne abrió la boca para interrumpir, pero Gabe la hizo callar con una simple mirada.

—¿Eso fue lo que te dijo? ¿Que yo quería cambiarla?

—Sí. Eso es lo que me dijo con su dulce boquita. He de admitir que no me hizo mucha gracia. Si no hubiese sido tan amable a la hora de disculparse, habría puesto el grito en el cielo.

—¿Y por qué, Jack?

—Porque tenía planeado salir de la ciudad en cuanto cobrara tu cheque. Tenía pensadas unas vacaciones para celebrar mi jubilación. Mi esposa tampoco está muy contenta. No ha parado de meterse conmigo desde que le di la noticia.

—Te diré una cosa, Jack. Deja que haga un par de ajustes por aquí y así podrás mantener tus planes. No me gustaría disgustar a Marie.

—Tú siempre tan decente, Gabe. Creo que voy a decirle que te he vuelto a llamar y que has decidido mantener la cita original. No te importa que me convierta en el héroe de la película, ¿verdad?

—Adelante. Dale recuerdos a Marie, y te veré el miércoles, tal y como habíamos planeado –cortó la llamada–. Estás despedida, Roxanne. Acabo de llamar a los de seguridad. Ellos te ayudarán a despejar tu mesa. Después te acompañaran al departamento de contabilidad. Allí te darán un cheque por el valor de dos meses de sueldo a modo de indemnización.

–Por favor, Gabe –dijo ella–. ¿No me das la oportunidad de explicarme?

–No. Te has puesto delante de mí, me has mirado a los ojos y me has mentido. Has cambiado la fecha de nuestra reunión por un único motivo. Para enojar a Catherine. Nadie le hace eso a mi chica sin recibir su merecido.

–Si dejas que te lo explique –suplicó ella con lágrimas en los ojos–, te darás cuenta de que todo es un malentendido.

–Tienes razón. Mi malentendido. Sabía cómo eras cuando te contraté. Pensé que eso sería una ventaja. Pero me olvidé de la norma fundamental. Si agarras una serpiente, lo normal es que te muerda.

–Te denunciaré. Si me despides, te sacaré hasta el último céntimo.

Gabe se puso en pie.

–Inténtalo, Roxanne, por favor. Quiero que lo hagas. Te pido que lo hagas –sonrió–. Hoy te había tocado de todos modos.

–¿Qué? –preguntaron Roxanne y Catherine al unísono.

Él miró a Catherine un instante.

–Deberías habérmelo dicho desde un principio y nos habríamos ahorrado el dolor de los dos últimos años –después se dirigió de nuevo hacia Roxanne–.

He estado investigando en lo que sucedió durante la fiesta de Marconi. Y ha ocurrido una cosa de lo más extraño. Tu nombre aparecía todo el rato. Así que, adelante, llama a un abogado. Y asegúrate de que sea muy bueno. Porque mi próxima llamada será para el jefe de la policía de King County. Y solo para que lo sepas, al contrario que Catherine, yo soy un despiadado. Me ocuparé de que se limpie su nombre y su reputación y de que tú tengas que responsabilizarte de tus actos.

Sin decir palabra, Roxanne se volvió y se dirigió hacia la puerta. Antes de salir, Gabe la detuvo.

–Cuando hayas solucionado tus asuntos legales, te sugiero que te plantees un nuevo comienzo en algún otro sitio, Roxanne. En algún lugar lejos de mi alcance –hizo una pausa–. Y para que lo sepas, mi alcance es muy extenso.

Ella se volvió hacia Catherine y mostró su afán de venganza.

–Puede que creas que has ganado, pero no lo has hecho. Cuando él descubra la verdad y se dé cuenta de que no vales nada, terminará vuestra relación –entonces, miró a Gabe–. Yo también he investigado un poco. Y he hecho algunas llamadas. Quizá fingiendo ser alguien que no era para conseguir la información que necesitaba. ¿Te ha dicho tu querida novia que no puede tener hijos? Si te casas con ella, se acabó la rama de la familia Piretti. Espero que tengáis una vida estupenda –y tras esas palabras, salió dando un portazo.

El silencio invadió la habitación. Catherine se puso en pie, como si fuera de piedra. Tenía que decir algo. Cualquier cosa. Pero hasta respirar le costaba esfuerzo.

—¿Catherine?

Ella negó con la cabeza y levantó una mano como para hacer que se callara. Él se acercó a su lado, la tomó en brazos y la llevó hasta el saloncito que había junto a los ventanales. La dejó sobre el sofá y se tumbó a su lado. Catherine no sabía cuánto tiempo la había estado abrazando, murmurándole palabras de apoyo y tranquilizándola hasta que dejó de temblar.

—Lo siento, Gabe —dijo ella al fin—. Debería habértelo dicho desde un principio.

—Roxanne no estaba mintiendo, ¿verdad?

Catherine negó con la cabeza.

—No puedo mantener esta conversación. Así no. Y menos contigo acariciándome —trató de separarlo de su lado, pero no lo consiguió—. Por favor, Gabe. No puedo hacerlo.

Pero él no la escuchó. Si acaso, la abrazó con más fuerza.

—Shh. Está bien, cariño.

—¡No! No, no está bien. Nunca estará bien.

—¿Qué pasó? Cuéntame qué pasó.

Ella se derrumbó. No podía retrasarlo más. No podía ocultar la verdad, por mucho que lo deseara. Había llegado el momento de enfrentarse a la verdad.

–Fue la noche que me propusiste matrimonio –dijo ella–. Me pediste que me casara contigo y yo iba a decirte algo, ¿recuerdas?

–Lo recuerdo.

–Iba a decirte que estaba embarazada. Llevaba dos semanas guardando el secreto, esperando el momento adecuado para decírtelo.

Gabe se puso rígido. Ella vio que sus ojos adquirían un brillo casi infantil, de alegría y emoción. De pronto, el brillo se apagó.

–Oh, cielos. Algo fue mal. ¿Qué ocurrió? ¿Un accidente?

–No, no fue un accidente. El médico me dijo que fue un aborto espontáneo. Al feto le pasaba algo. Perdí el bebé –se le quebró la voz–. Oh, Gabe. Perdí a nuestro hijo.

Él la abrazó con fuerza y permitió que llorara.

–¿Roxanne tenía razón? ¿Ya no puedes tener más hijos?

–No sé cómo se ha enterado. ¿Quién sabe? A lo mejor llamó al médico y fingió ser yo. No me extrañaría.

–Catherine, por favor. ¿Qué pasó?

Ella había evitado responder a su pregunta y ambos lo sabían. Pero había llegado el momento de contarle la verdad.

–El cómo no importa, ¿no crees? Lo importante es que ella tiene razón. No puedo tener hijos. Cuando perdí el bebé me volví loca. Fue cuando te dejé. Pero no dejaba de sangrar –hizo una mueca de dolor–. Días más tarde tuve que someterme a una histerectomía parcial.

Él la abrazó de nuevo.

–Lo siento. Lo siento mucho, Cate. Eso es lo que querías decir cuando dijiste que estabas destrozada.

–¿Dije eso? –no podía recordarlo.

Él cerró los ojos y se apoyó en ella.

–Oh, cielos, cariño. ¿Dónde diablos estaba yo mientras tú pasabas por todo eso? Fue la época de aquel maldito juicio, ¿no?

–Te llamé desde el hospital –dijo ella–. Ahora supongo que no recibiste ningún mensaje.

–No.

–¿Comprendes ahora por qué solo estaba dispuesta a tener una relación temporal?

Él se puso tenso.

–¿No me digas que vas a creerte todas las tonterías que ha dicho Roxanne?

–Ella no ha dicho nada que no haya comprobado por mí misma.

Gabe se incorporó apoyándose sobre un codo y la miró fijamente.

–¿Crees que terminaría nuestra relación porque no puedes tener hijos? ¿Crees que no me casaría contigo mañana mismo por ese motivo? ¿De veras tienes tan mal concepto de mí?

–Siempre quisiste una gran familia. Hemos tenido miles de conversaciones sobre eso. El apellido Piretti lleva en tu familia generaciones y generaciones. Quieres hijos que lleven el mismo apellido.

–Cierto, ¿y?

–¡Pues que no podemos tener hijos!

–Sí, Catherine, sí podemos. Nos queda la adopción.

–Pero no serán de tu misma sangre.

Sus palabras provocaron que se retirara de su lado.

–¿Qué tipo de hombre crees que soy? –dijo él, separándose de ella–. ¿De veras crees que soy tan superficial?

Ella lo miró en silencio y negó con la cabeza.

Él respiró hondo y trató de no perder el control.

–Dime una cosa, cariño. ¿Necesitas que una criatura crezca en tu vientre para amarla y criarla como si fuera tuya?

–No, pero…

–Yo tampoco. Ni ningún hombre de este planeta, puesto que nosotros no podemos llevarlos en el vientre.

–Sé cómo funciona, Gabe.

–Me alegra oírlo. Piensa, Cate. Los hombres no saben lo que las mujeres sienten durante los nueve meses que llevan a su hijo en el vientre. Y sin embargo, en cuanto nace el bebé, lo quieren como si lo hubieran llevado dentro. ¿Por qué va a ser algo diferente cuando se trata de una adopción?

Ella negó de nuevo con la cabeza, incapaz de contestar.

–¿Y qué me dices si esto hubiera sucedido después de que nos casáramos? ¿Crees que soy el tipo de hombre que se divorciaría por ello?

Ella comenzó a llorar. ¿Cómo podía amar a aquel hombre y no haberse dado cuenta de la verdad? No había sido capaz de ver el fondo de su corazón. ¿Cómo podía haberle otorgado tanto poder a Roxanne? Gabe no era el culpable de no tener fe, sino ella.

–Lo siento, Gabe. Debería haber confiado en ti.

–No voy a discutir eso. Pero no te di muchos motivos para que confiaras en mí, y menos cuando no tenía claras mis prioridades.

–Si te hubiera contado lo de Roxanne hace dos años, la habrías despedido, ¿no?

–Sí. No tenía ni idea de que suponía un problema tan grande para ti, si no la habría sustituido por otra secretaria en menos de una hora.

–¿Y adónde vamos a partir de ahora?

–Es una buena pregunta –regresó a su lado y se tumbó sobre ella–. Lo primero de todo, mantendremos la reserva para pasar el fin de semana en Très Romantique.

Catherine esbozó una sonrisa y sintió que la esperanza se instalaba en su interior.

–¿Y después?

–Después nos aseguraremos de que hemos aclarado todas las dudas y secretos que teníamos, mientras te explico, despacio y con cuidado, lo mucho que te quiero.

Ella le rodeó el cuello y lo abrazó con fuerza.

–Te quiero muchísimo, Gabe.

Él cerró los ojos y ella notó que se relajaba.

–No tienes ni idea de cómo deseaba oír esas palabras otra vez.

Y entonces, la besó. Fue como una bendición. Una promesa. Un beso que Catherine recordaría el resto de su vida. Un beso que los unía en mente y cuerpo. Con aquel beso, se disiparon todas las dudas y dieron paso a la seguridad. Aquel era su hombre, y ella era su mujer. Y juntos, se enfrentarían a todo lo que les deparara el futuro.

Pasó mucho tiempo antes de que Gabe hablara de nuevo.

–Ahora que hemos aclarado todo entre nosotros, tengo que hablar con alguien de Elegant Events –puso una pícara sonrisa–. Sé de buena tinta que es la mejor empresa de organización de eventos.

Catherine lo miró con una amplia sonrisa.

–De hecho, así es.

–Tengo que hablar con la especialista más experta.

–Pues sé que tiene una agenda muy ocupada, pero a lo mejor encuentra un hueco para Gabe, el pirata Piretti, si él se lo pide de buenas maneras –ladeó la cabeza–. Dime, ¿para qué quieres verla?

–Necesito que organice la boda del año.

–Vaya, señor Piretti –protestó indignada–. Parece que me está pidiendo que mezcle el trabajo con el placer. Creía que habíamos puesto unas normas claras acerca de ese asunto.

—Al diablo con las normas.

Ella fingió estar escandalizada.

—¿Al diablo con lo de «únicamente negocios»?

Él negó con la cabeza.

—A partir de ahora, mi negocio eres tú. Siempre serás mi prioridad.

Y procedió a demostrárselo de una manera muy eficiente.

Dos pequeños secretos
Maureen Child

Colton King puso fin a su intempestivo matrimonio con Penny Oaks veinticuatro horas después de la boda. Pero más de un año después, Colton descubrió el gran secreto de Penny… de hecho, se trataba de dos pequeños secretos: un niño y una niña.

Colton quería reclamar a sus gemelos y enseguida se dio cuenta de que también estaba reclamando a Penny otra vez. No le quedó más remedio que preguntarse si su matrimonio relámpago estaba destinado a durar toda la vida.

Una noche condujo a dos bebés

Acepte 2 de nuestras mejores novelas de amor GRATIS

¡Y reciba un regalo sorpresa!

Oferta especial de tiempo limitado

Rellene el cupón y envíelo a

Harlequin Reader Service®
3010 Walden Ave.
P.O. Box 1867
Buffalo, N.Y. 14240-1867

¡Sí! Por favor, envíenme 2 novelas de amor de Harlequin (1 Bianca® y 1 Deseo®) gratis, más el regalo sorpresa. Luego remítanme 4 novelas nuevas todos los meses, las cuales recibiré mucho antes de que aparezcan en librerías, y factúrenme al bajo precio de $3,24 cada una, más $0,25 por envío e impuesto de ventas, si corresponde*. Este es el precio total, y es un ahorro de casi el 20% sobre el precio de portada. !Una oferta excelente! Entiendo que el hecho de aceptar estos libros y el regalo no me obliga en forma alguna a la compra de libros adicionales. Y también que puedo devolver cualquier envío y cancelar en cualquier momento. Aún si decido no comprar ningún otro libro de Harlequin, los 2 libros gratis y el regalo sorpresa son míos para siempre.

416 LBN DU7N

Nombre y apellido	(Por favor, letra de molde)	
Dirección	Apartamento No.	
Ciudad	Estado	Zona postal

Esta oferta se limita a un pedido por hogar y no está disponible para los subscriptores actuales de Deseo® y Bianca®.
*Los términos y precios quedan sujetos a cambios sin aviso previo.
Impuestos de ventas aplican en N.Y.

SPN-03   ©2003 Harlequin Enterprises Limited

Bianca

Una belleza frágil domó a la fiera que él llevaba dentro...

El implacable Raffaele Petri necesitaba a Lily, una solitaria investigadora, para poder llevar a cabo sus planes de venganza, pero ella era una mujer combativa y demasiado intrigante.

Lily, cuyo rostro había quedado marcado por una cicatriz cuando era adolescente, había decidido esconderse de las miradas crueles y curiosas, por lo que trabajar para un hombre tan impresionante físicamente hacía que sus propias imperfecciones físicas fuesen todavía más difíciles de llevar. Hasta que los besos de Raffaele despertaron a la mujer que tenía dentro.

¿Estaba él dispuesto a arriesgar su venganza por el amor de Lily?

FRÁGIL BELLEZA
ANNIE WEST

Deseo

Aislados en la nieve
Andrea Laurence

Briana Harper, fotógrafa de bodas, no esperaba encontrarse con su exnovio en una sesión de fotos. Y cuando una tormenta de nieve los dejó aislados en una remota cabaña en la montaña, supo que estaba metida en un buen lío. No había olvidado a Ian Lawson, pero ninguna de las razones por las que habían roto había cambiado. Ian seguía siendo adicto al trabajo y, además, estaba a punto de casarse.

Ian era un hombre que sabía lo que quería. Y lo que quería era a Briana. Sin embargo, el magnate de la industria musical iba a tener dificultades para demostrar algunas cosas.

Hacía mucho calor a pesar de la nieve...

¡YA EN TU PUNTO DE VENTA!